獄으로 보낸 편지

박병대 시인

獄에서 온 편지

민홍규 전각장

쏠트라인
SALTLINE

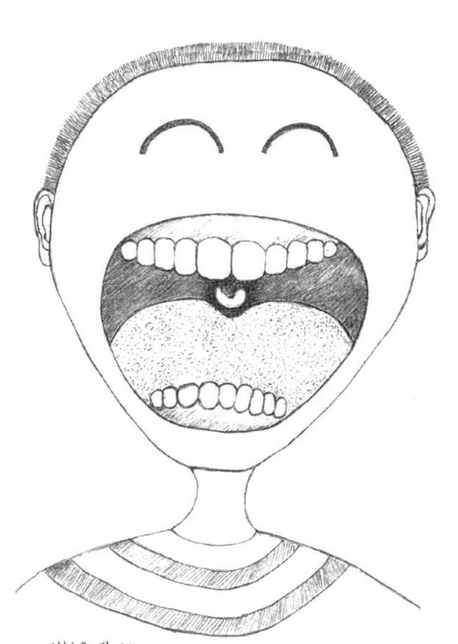

버스를 탔어요
이순구 화백님의 작품이 보였어요
와 하하 ~
많은 님들과 같이 웃고 싶었어요
기억을 더듬으며 그렸어요
같이 웃어요!

시인 박 병 대 절

■ 서문

민홍규 전각장은 초등학교 동기의 동생으로 예술의 길을 지향하며 평생 작품 활동을 했습니다. 민홍규 전각장이 구치소에 수감되었다는 놀라운 소식에 측은지심의 마음으로 위로의 편지를 보냈습니다. 두 번째부터 보낸 편지는 필사하였으나 첫 번째 편지는 필사하지 않아 첫 번째 편지에 대한 민홍규 전각장의 답신부터 엮을 수밖에 없었습니다.

첫 번째 보낸 편지는 예술인으로 대한민국 국새제작을 하게 되는 명예로운 작업을 수행하며 국가에 애국한다는 자긍심으로 예술의 혼불을 피워 올린 것이 매도되어 세상의 지탄을 받는 수모에 대한 아픔을 위로하는 내용이었지요.

뒤늦게나마 2011년 9월부터 2013년 9월까지 편지로 왕래한 것을 『옥으로 보낸 편지 옥에서 온 편지』라는 제목하에 책으로 엮었습니다.

지면을 통해서 부디 아팠던 기억들 지워가며 남은 여생 예술의 혼불 피워 올려 아름다운 세상 가꾸어가기를 민홍규 전각장님께 당부드립니다.

2020년 6월 17일

박병대 書

차 례

▣ 옥으로 보낸 편지

▣ 옥에서 온 편지

박명대 선배님의 문단등원을 감축드립니다!

박병대 선배님.

거슬릴 수 없는 怒濤를 타고 하염없이 흘러가고 있습니다. 긴 여로에 누님을 통해 선배님의 근황을 짧게 귀동냥하였습니다. 저에게는, 일엽편주로 이끌리는 生活을 보석 같이 귀한 말씀으로 배의 키를 잡듯 위로를 보내 주신 따뜻함은 무어라 표현할 수 없는 것이었습니다. 두터운 벽으로 둘러있는 장막속에서 저의 안주를 보살펴 주시어 감사의 마음뿐 입니다.
어느날 신념을 가지고 국가를 위해 최고의 문화 정체성을 세워나갔으며, 묵묵히 훗날을 위해 또 수년간 봉사를 하던 중, 느닷없이 두손이 쇳조각으로 채워지고 오라줄로 몸이 감겨 쇠창살 두터운 차에 실려 최고 심문장에 내동댕이 쳐졌습니다. 일은 알았지만 내막은 모른 채, 찍어내는 빵조각처럼 세상에, 빵상자에 따라 모양이 만들어져 보도되었습니다.
절규도 뿜어내는 아비규환도 공허한 메아리였습니다. 저는 입을 닫았습니다. 끝까지 동요되지 않고 돌부처처럼 앉아, 혹독한 비바람과 오상고절을 뜬눈으로 눈하나 깜박않고 삼켜 냈습니다.
먹지 않아도 배고프지 않았습니다. 삼킨 것이 해를 넘기며 더 불려졌습니다. 분노까지 담았으니 이젠 심장까지 노기로 더 힘들어졌습니다.
그렇지만 본심을 잃지 않았습니다. 저는 저 자신에게 제가 누구인가 어떻게 살아 온 자인가를 고하는 행보를 하며, 감히 공천의 힘이 선량한 사람에게 거듭 고삐를 조일 때 어떤 德으로 答해야 하는 가를 보여주었습니다.

"우리 직업은 얼마나 구속하느냐 입니다. 오더를 받으면 어쩔 수 없습니다". 부드럽게 대하는 저에게 속내를 보였습니다. "직분을 다하십시오". "저도 내 일을 다하겠습니다". 이렇게 수개월이 가며, 쓰러져서 대학병원 응급실로, 또 중환자실로 들어가 병상에서 조차 묶여서 지내야 하는 시간을 보내며 검찰과의 긴 일전을 일단락을 하였습니다.

선배님의 편지를 받고 고단한 생활 속에서 결코 제가 외롭지 않다는 것을 알았습니다. 따뜻한 위로를 주는 분이 하늘아래 또 계시는 구나, 실로 고독하지 않습니다. 괜스레 삶의 푸념을 잠시 늘어 놓은 것은 어린시절 외가에 놀러 갔을 때 친가족 외에 또다른 가족에게 둘러대던 넋두리로 잠시 제게 담긴 메아리를 울리던 그 마음입니다. 널리 이해해 주십시오. 구석 구석 그윽히 우리가족의 삶을 드리워 보시는 것은 쉽지 않은 큰 마음이라 여겨 집니다. 무어라 감사의 표를 해야 할 지 그저 고맙다는 말씀외에는 보태어 드릴 말씀이 없습니다. 큰 사랑의 마음, 정말 고맙습니다. 다시 뵙겠습니다.

2011. 9. 8. 서울구치소 제12병동에서

민 홍 규 올림.

홍규 님!

세상은 한가위 치레를 하고 일상으로 돌아가고 있네요! 아련한 마음으로 보내야만 했던 홍규 씨의 마음을 헤아려봅니다. 어찌할 수 없는 강박의 현실 속에서 모든 사람들이 헤어나지 못하고 짓눌려오는 삶의 애환들은 너무나 가혹하기만 합니다. 날이 갈수록 서글픔만 더해가는 회한의 삶을 누구나 안고 있을 것입니다. 좋은 시절이 가면 가혹한 시절이 오고 한바탕 시련의 시나위를 치르고 다시금 좋은 시절이 봄날에 따뜻한 햇살과 포근한 봄바람에 꽃망울 터트리며 피어나는 꽃처럼...

그렇게 인생은 굴곡진 삶을 돌고 돌며 살아가는 게 인간인가 봅니다. 희로애락의 전철을 밟아가며 오늘도 그중의 하나에 속해서 전철을 따라 무한궤도의 궤적을 더듬어 갑니다.

홍규 님!

보내주신 답신 고맙게 받았습니다. 건강도 좋지 않을 텐데 삽화까지 꾸며가며 일말의 심정을 화두(話頭)로 한 홍규 씨의 아련한 마음에 목이 메어옵니다. 홍규 씨로부터 축하 인사를 받으니 그 누구의 축하보다 더욱 값진 인사였습니다. 고마운 마음 오래 간직하겠습니다. 하루하루 차가워지는 날씨에 몸 상하지 않게 지내기를 바랍니다. 건강해야 내일을 기약하는 희망도 있는 것 아니겠습니까? 모두가 힘들고 많이 지쳐있는 상황에서 건강마저 상할까 걱정이 됩니다. 단전호흡이 건강을 향상 시킨다고 하니 그것으로 홍규 씨의 건강이 좋아진다면 더 바랄 게 없겠습니다.

홍규 님!

저는 티끌 한 점 없는 하얀 종이를 좋아합니다. 세상살이하면서 그런 티끌 없는 마음으로 윤동주 시인의 서시에 "죽는 날까지 하늘을 우러러 한 점 부끄럼이 없기를" 이 싯구가 나의 마음을 천둥처럼 요동치게 했던 학창시절부터 그런 부끄러움이 없는 하얀 종이를 좋아하게 되었고 내 마음도 그렇게 하얀 종이를 닮고 싶어 늘 나 자신을 돌아보며 부끄러움이 없는 삶을 지향하면서 이순의 나이까지 인생살이 했습니다. 그러다 보니 시를 좋아하게 되었고 살아오면서 기쁠 때나 슬플 때나 시는 나에게 많은 영혼의 위로가 되었죠. 문우들과 끄적거려서 가지고 나간 어줍은 글 펼쳐놓고 수없이 많은 질타와 비아냥과 난도질을 당하고 뒤풀이 가서 술 한잔하며 위로와 격려와 희망의 말들 챙겨서 돌아오기도 했던 영혼의 고통을 어찌 잊을 수 있겠습니까? 펼쳐놓은 글 몇 날 며칠 하얗게 밤새워가며 시라고 끄적인 글 매몰차게 이것 저것 잘라내니 단어 몇 개밖에 남지 않았던 시절. 그래도 풋풋하게 그 시절이 그리워지네요! 평생 예술을 지향하며 일구어 온 홍규 씨도 감내하기 어려운 고통과 아픔으로 수많은 밤을 하얗게 밝히며 생활했겠죠! 대다수의 예술인들! 그 아름답고 깨끗한 마음들! 이 세상을 정화시키는 그 아픈 마음이 욕심으로 가득한 세인(世人)의 농간으로 더럽혀지는 현실에서 어느 누군들 분기탱천(憤氣撑天)하는 마음을 억누를 수 있겠습니까? 문학인들은 이데올로기의 도구로 전락하고 아름다운 그림, 조각... 역시도 치부로 전락되는 현실에서도 예술의 길을 가는 많은 이들이 결코 예술을 포기하지 않는 것은 그 아름다움의 가치가 세상에서 가장 앞선다는 것을 알기 때문일 것입니다.

홍규 님!

분노하는 그 마음을 잘 알고 있습니다.

그러한 분노가 홍규 씨의 아름다운 마음이 희석되지 않기를 간절히 바라며 다시금 떨쳐 일어나 이 세상에 홍규 씨의 아름다운 마음을 펼쳐야 하지 않겠습니까? 아무리 풍랑이 거세도 물은 제 갈 길로 흐름을 멈추지 않듯이 홍규 씨의 흐름도 이와 같다면 마음의 평화를 도모해야 할 것 같네요! 마음에 이는 거센 풍랑들, 평화로운 잔잔한 물의 흐름으로 흐르기를 바라며 아울러 부탁도 곁들여봅니다.

불길이 거세지면 어쩔 수 없이 재가 되듯이 분노가 거세어 다스려지지 않는다면 역시 재가 될 수밖에 없겠지요. 예술의 아름다운 힘으로 분노를 다스리며 마음의 평화를 찾고 아름다운 힘내시기를 바래봅니다.

홍규 님!

하얀 종이를 좋아하는 내 마음이 아직도 수련을 더해야 하나 봅니다. 삐뚤빼뚤 쓰여지는 글을 보니 내 마음도 삐뚤빼뚤한가 봅니다. 혜량하시고 홍규 씨를 사랑하는 사람들이 따뜻한 마음으로 격려와 위로를 잊지 않고 있으니 나날이 예술의 혼불 지키며 마음의 평화와 함께 아름다운, 힘내시기를 부탁합니다.

2011. 9. 15. pm 11:20

박병대 書

홍규 님!

날씨가 해 뜰 때마다 차가워지네요!

명랑한 계절의 하늘은 쪽빛으로 높아만 가고 있는데 삶의 버거운 무게는 희망마저도 천근의 무게로 누르고 있는 암울한 시기에 지푸라기 끝에 달려있는 희망하나 안고 오늘도 아침을 먹었습니다. 하늘에 떠 있는 몇 개의 별빛이 빛나는 아련한 밤에도 아련한 마음의 심중은 어쩔 줄 몰라 방황하는 밤새, 머리카락 몇 올 하얗게 세어 망연한 하루를 또 시작했습니다.

나만의 심중은 결코 아니겠지요?! 모든 사람들의 심중 역시 희망의 빛깔은 같을 것이고 아련한 마음의 버거운 삶의 무게도 경중의 차이일 뿐으로 모두가 애환의 삶을 살고 마음의 평화를 찾아 떨리는 술잔으로 희망을 노래하며 가냘프게 변모해 가는 몸뚱어리에 얹혀진 천근의 무게를 지고 버거운 발걸음 내딛으며 가겠죠! 겉으로 보이는 모양새는 눈부시게 빛나도 속내의 빛 그림자 아픔이겠죠!

홍규 님!

누님이 전화를 했네요!

올케가 고맙다는 인사 전해달라고 하여 전화했다며 고맙다고 하네요! 나의 마음으로 마땅히 하는 것인데 겸연쩍고 부끄러웠죠! 힘든 이에게 몇 줄의 글이라도 위로가 된다면, 힘을 낼 수 있고 희망이 된다면 더 바랄게 없는 기쁨, 나의 기쁨일진데 내가 고맙다고 해야 할 일인데 고맙다는 인사를 받으니 얼굴이 부끄러워 가리고 싶었죠!

홍규 님!

마음에 평화가 왔는지 궁금하네요?

누가 그랬죠!

평화에서는 피의 냄새가 난다고!

눈에 보이는 세계의 평화는 그렇게 피의 냄새가 나더라도 눈에 보이지 않는 세계의 평화는 향기의 냄새가 나겠죠! 영혼의 아름다운 향기로 홍규 씨의 마음에 평화가 오기를 오늘도 기원하며 고운 향불 하나 지핍니다.

2011. 9. 23. am 11:30

박병대 書

홍규 씨!

건강하게 몸과 마음은 무탈하게 추스르고 있는지요?

지난 16일 초등학교 총동문회 바자회에서 누님을 만났네요! 오랜만에 벗을 만나 반가웠어요! 주위의 많은 벗들로 하여 따뜻한 말 한마디 못하고 목이 메어 침묵만 지키다 왔네요! 마음만 안타까이 동동 거릴 뿐 위로의 말도 없이 헤어져 무거운 마음으로 돌아왔네요! 자연의 섭리는 어김없이 가을로 들어서고 오랜만에 산에 갔어요! 붉은 단풍의 맵시가 가을의 정취를 주네요!

홍규 씨와 함께 가을을 누리고 싶어 고운 단풍잎 하나 땄네요! 빨간 단풍의 정열로 예술의 혼도 지켜졌으면 하는 바람이기도 합니다! 추워지고 있는 날씨에 몸은 얼어도 주위의 따뜻한 형제들과 아름다운이 들이 있으니 마음만은 훈훈하게 평화로운 사랑으로 가득차기를 바랍니다. 힘들고 어려운 가운데서 굳은 의지로 이겨나가며 앞으로의 희망을 설계하는 것도 삶의 큰 의미가 있다고 생각합니다. 단단한 마음으로 마음의 평화를 이루어 가며 평온한 날들이 되기를 기원합니다. 생활에 쫓기다 보니 이제 사 소식 전하네요! 아픈 마음으로 홍규 씨를 생각하며 부디 평온한 생활이 되기를 바래봅니다. 신의 은총이 홍규 씨에게 있기를 기원하면서 이만 줄입니다.

2011. 10. 21, am 01:23

박병대 書

토닥 손

단풍 같은 사랑으로
따뜻한 손 마주잡고
어우러져 살자 꾸나
미움도 노여움도
빨갛게 태워 보내고
마음에서 마음으로
힘들고
슬픈 일
토닥이며 살자꾸나

2011. 10. 21. am 01:42

박선배님.

서신 잘 받았습니다. 주옥같은 詩와 글이 너무나 감동적이었습니다. 지난번 가슴길을 글월과 이번 서신에서는 단풍까지 받고 보니, 맑은 하늘 청량한 山氣運을 받는 느낌이 들어 너무나 고마웠습니다. 그동안 저는 몸이 크게 좋지 않아 쉬는 시간을 가지려 했으나 그것도 여의치 않았습니다. 선배님께서 저를 위로해 주시려 귀한 글을 보내주시어 어떻게 답을 보내 드려야 할지 몰라서

이 계절 잘 익은 과일 하나를 담아 보냈습니다. 선배님의 격려를 잘 간직해 가겠습니다. 부디 앞으로 수려하고 감동적인 詩, 더 많이 작업해 내시길 두손모아 기원합니다. 오늘은 이만 줄이겠습니다.
만세에 남는 심지로 영원히 남는 詩人이시길 빕니다.

2011. 10. 26. 후배 민홍규 드림.

홍규 씨!

날씨가 몹시 추워졌네요!

건강이 좋지 않은 홍규 씨 생각에 추운 날씨가 원망스럽고 마음이 아프네요! 세상의 많은 분들이 추운 바람에 웅크리며 한겨울을 보내겠지요. 답답한 마음은 늘 보에 막혀 가슴속에 쌓이기만 하고 한 번도 열리지 않는 보에 그냥 정체되어 밤마다 끙끙 앓는 영혼의 몸살을 겪고 있답니다. 동료 시인의 한강 투신으로 삶을 접었다는 비보에 조각나는 하늘의 끝이 느껴지고 또 하나의 아픔이 내 가슴에 문신으로 남는 겨울의 단초에서 허전해 가기만 하는 삶의 허무를 다시금 생각해 봅니다.

홍규 씨의 답신은 잘 받아보았어요!

예쁜 사과의 붉은 마음을 보면서 사랑으로 보듬고 다독이며 추운 겨울을 보내야겠다고 생각했습니다. 그동안 신춘문예 준비하고 퇴고하느라 나름대로 여의치 못해서 늦게 사 답신을 드리네요! 건강한 삶으로 행복하게 모든 분들이 생활하는 세상이 되었으면 좋겠어요. 아픔을 노래한답시고 어줍잖게 글이나 끄적이고 있는 제 자신이 한심스럽기도 하고 한없이 부끄럽기만 하네요! 예술의 고통이 세상의 빛이 되어 모든 이들을 행복하게만 해줄 수 있다면 그 생명이 끝나는 그날까지 그 길을 가야 하겠죠!

홍규 씨의 예술혼도 같다고 생각합니다.

어려운 가운데서도 예술의 혼으로 행복해 짐을 알기에 평생 그 길에서 벗어나지 못하고 그 혼불로 일렁이며 앞만 보고 생활했겠죠! 굳은 마음과 의지로 영혼의 평화가 홍규 씨에게 있기를 두 손 모아 간절히 기도합니다.

2011. 11. 25. pm 01:30

박병대 書

Page

朴 선배님.

서늘한 정막이 흐르는 감옥 안에서
홀로 볼도 없이 찌든 종이 위에 心書를 씁니다.
운필은 늦 가을 빗물을 따라 흐르고,
서글픔도 낙수 속으로 묻혀 갑니다.
예가 어딘가 두리번 거리며 식구들을 찾습니다.
딸도 부릅니다. 얘야, 거기 있니?

세찬 비바람은 창살을 휘감아 소리칩니다.
올 겨울도 지낼 준비는 되었냐며 창을
엇박자로 흔들어 댑니다.

제가 지금 어디 쯤 있는지요?
예서 살라한 이들이 갈 수록
측은 합니다. 가엾습니다.
허허(虛)한 世上! 못난 저를,
제가 두려워 예기 묶어 두고
그들은 오늘밤도 잘 잘까요?

선배님 늘 신경써 주셔서 고맙습니다. 2011. 12. 4. 밤.
서울구치소 제12병동 감옥에서 민홍규 드립니다.

홍규 씨!

아픈 마음으로 보내는 아련한 시간들 속에서 인내의 혼불을 굳게 지켜가기를 바라는 애틋한 제 마음을 보냅니다. 홍규 씨 서신을 받고 바로 답신을 못해 미안하네요! 문협 행사와 오랫동안 찾아뵙지 못했던 친척들 찾아뵙느라고 나름 바쁘게 지내다 보니 그런 핑계 홍규 씨가 허 하실 수 있을까 하는 조심스런 의구심 하나 품어봅니다. 날씨가 차츰 얼어가고 있는 계절에 땅도 굳어가고 우리의 몸과 마음도 굳어가고 있으니 강한 잡초의 생명력을 닮아야겠다고 생각해 봅니다. 이 세상은 많은 사람들 모두가 불쌍하고 측은합니다. 냉정한 세상에서 살기 위해 냉정해야 하고 그러다 냉정한 세상의 바람이 내게로 와서 머물게 되면 고통과 괴로움을 겪어야 하니 말입니다. 그 와중에 인간미 한 자락 그리우면 간혹 따뜻한 손길을 내밀기도 하겠지만 그것조차도 자신의 위상을 세우기 위한 방편으로도 행하고 있는 일이다 보니 그리 큰 감동은 못하는 거 아니겠습니까?

홍규 씨!

저 역시 모진 세상 속에서 발버둥 치며 숨 가쁘게 세월을 보냈죠! 스트레스를 풀기 위해 음악을 듣고 글을 쓰고 그림을 그렸죠! 그림은 재주가 없어서인지 더 하지 못하고 어설프게 단소를 배우고 그러면서 살았답니다. 성격이 정적인 까닭에 그냥 앉은 자리에서 하는 것들을 찾아서 종이에다 하고 싶은 말을 글로 쓰면서 저주, 희망, 격려... 등의 글을 쓰다보면 마음이 후련해지고 음악을 들으며 머릿속으로 상상의 날개를 펴서 음률에 따라 날갯짓 하다보면 시원하고 후련한 마음이기에 지금도 그것들을 끌어안고 세상살이를 한답니다. 수양하기 위해서 묵상도 해가며 오로지 세상을 견디기 위해, 세속을 벗어나기 위해 많이도 헤맸답니다. 홍규 씨도 글을 써보세요! 하고 싶은 모든 말을 쓰다보면 스트레스가 풀릴 것 같네요!

근 10여년 만에 외사촌 누님을 찾아뵈었죠. 매형은 술과 당뇨로 몸이 많이 망가졌어요. 병원에 입원해 있는 매형의 검게 썩은 발가락! 왼발가락은 모두 절단하고 오른 발가락도 절단해야 된다니 마음이 많이 아팠습니다. 누님의 고생도 심하니 세상살이 한다는 게 편한 날이 얼마나 될까요?!

홍규 씨!

홍규 씨도 건강이 좋지 않다는 것을 알고 있습니다. 부디 마음을 잘 다스리기를 바랍니다. 마음의 병이 육신으로 나타나는 법이니 마음이 편하면 건강도 좋아지지 않겠습니까? 어떠한 일이든 마음먹기 달렸다는 말이 있듯이 자유의 몸이라도 마음에 따라서는 지옥과 같고 영어의 몸이라도 마음에 따라서 천국과 같을 것입니다. 즐겁고 기쁜 일을 찾아보세요! 다른 분들을 위로하고 격려해 주면 즐거울 것입니다. 나를 위해 어떻게 할 것인가를 생각하기보다는 남을 위해 어떻게 할 것인가를 생각해 보세요! 시간을 잊으세요! 세월도 잊으세요. 그러면 마음이 편할 것입니다. 추워지는 날씨에 노숙자를 생각해 봅니다. 올 겨울 또 어떤 노숙자들이 삶을 끝내게 되겠죠! 측은하면서도 화가 납니다. 이미 거지근성으로 물들어 그 수렁을 헤어나지 못하고 자포자기로 비참하게 삶을 마감한다는 사실이 밉기만 합니다. 치매환자가 아닌 이상 올바른 마음만 키워나가도 그러한 수렁에는 빠지지 않을 것입니다.

홍규 씨!

아픈 마음에도 꽃은 피게 마련입니다. 굳은 마음으로 힘내시고 용기를 내서 벅찬 희망을 간직하시기 바랍니다. 홍규 씨의 마음이 약해진다면 홍규 씨를 사랑하고 계시는 주위의 모든 분들을 배신하는 것입니다. 삶의 의미와 가치가 어떻게 만들어지고 어떻게 이루어지는가는 어떠한 생각과 마음을 소유하고 있느냐에 따라서 그 삶이 긍정적이기도 부정적이기도 하겠지요! 선택은 각자의 몫이기에 누가 강요하지도 않고 강요할 수도 없는 일이고 다만 세상에 나와 있는 많은 매체가 제시해 놓은 삶의 척도를 어떻게 선택하고, 나갈 바를 모색하는 지는 자신의 정신에 달려있는 것이라고 생각합니다. 거대한 성공도 불멸의 명성으로 남을 것 같지만 오랜 세월에는 견디지 못하고 흔적 없이 지워지는데 욕심을 내서 또 무엇 하겠습니까? 욕심으로 일어나는 번뇌가 얼마나 많은 아픔으로 자신을 파괴해 가는지 살펴봐야 하지 않을까요?

홍규 씨!
약해지지 마십시오!
현재의 시간 속에서 다시 도약할 수 있는 재충전의 좋은 기회라고 생각하고 가족이나 주위 분들에게 힘 있고 활기찬 밝은 모습을 보여주며 나날이 굳건하게 가다보면 고통의 시간이 한순간에 끝날 것입니다. 아픈 몸 잘 추스르면서 건강하게 추운 계절 넘기고 돌아오는 새해에는 많은 행복과 함께 신의 은총과 축복이 있으시기를 두 손 모아 기원합니다. 파이팅!

2011. 12. 13. pm 02:30
박병대 書

홍규 씨에게!

그동안 마음 편히 지내셨는지 생각하다가 마음 편히 지낼 리가 있겠는가에 생각이 도달하면 눈시울이 붉어져옵니다. 세상은 흑룡의 해라고 희망이 떠들썩하지만 서민의 애환이야 별반 달라질 것이 뭐 있겠습니까? 그저 덕담으로 주고받는 복도 그렇고 소원성취 하라는 말도 그렇게 덤덤하니 들어야만 하는 애환의 서민들! 그저 아슬아슬한 세상살이에 지난해도 아슬아슬하게나마 무사히 지내온 것에 고맙고 감사해야 하는 처연한 삶이 흑룡의 해라고 해서 더 나아질 수도 없겠지요! 올해는 선거가 있어 정치권의 새 판이 또 짜여 지느라고 북새통 속에서 몸살을 하겠지요! 답답한 현실을 풀어줄 수 있는 그런 사람 어디 없을까요? 골치 아파 생각하기 싫습니다. 그저 평안한 자유 속에 있는 그런 삶이면 더 바랄게 없겠습니다.

홍규 씨!

아름다운 마음으로 매사에 감사하는 생활이 되었으면 합니다. 홍규 씨의 그 아름다운 향기가 마음을 평안하게 만들고 안으로 더욱 견고해지고 밖으로 발전할 수 있는 모태가 되어 모든 것을 이겨나가는 원동력이 그러한 마음에 있으니 의지가 굳세어지는 것도 그러한 마음으로 인해서 비롯된다고 생각합니다. 주어진 환경 속에서 일초도 여삼추고 평생도 찰나인 것을 생각할 때 어느 환경에 놓여있느냐에 따라서 그렇겠지만 고되고 힘든 삶이 여삼추 같아도 지나고 나면 찰나였다고 느끼듯이 우리의 마음은 시간에 대해서 지배를 받고 있는 것 같아도 실상은 시간 밖에 존재해 있는 것입니다.

홍규 씨!

시간 밖으로 나와 자유로워지세요!

하루 중에도 일하는 시간, 식사, 수면, 휴식 등등의 시간이 있듯이 홍규 씨의 시간은 인생의 휴식시간입니다. 강물에 뜬 비어있는 나룻배가 홍규 씨입니다. 그냥 강물이 인도하는 데로 가기만하는 나룻배가 홍규 씨입니다. 강(江)의 길이가 얼마나 남았는가는 중요하지 않습니다. 정작 중요한 것은 바다에 갔을 때이겠죠! 강의 속박에서 벗어나 바다에 갔을 때 풍랑을 이겨야 하겠죠! 지금은 비어있는 나룻배처럼 마음을 비우고 있으면 강물이 데리고 가니 생각할 필요는 없을 것입니다. 생각이 없으면 마음은 평안해지겠지요! 무언가 해보고 싶다면 소설을 한 번 써보세요! 문학의 전문성 같은 것, 작품성 같은 것 무시하시고 그냥 펜 가는대로 자유롭게 써보세요. 상상의 나래를 펼치며 소설 속에서 마음껏 뛰놀며 마음의 즐거움과 쾌락을, 평화를 창조해 보세요! 홍규 씨가 작품 하나 만들 때 시간이 얼마나 빠른 속도로 가는지 잘 알고 있을 것이기에 소설 역시 종이와 펜만 있으면 쓸 수 있고 쓰다보면 찰 라에 흐르는 세월이 될 것입니다.

홍규 씨!

형제들과 일가, 친지들에게 희망을 주세요! 굳건하고 의지 있는 밝은 모습으로 희망을 주어 일말의 기쁜 마음이 되도록 희망을 주세요! 홍규 씨를 위로하고 격려하는 많은 분들도 힘들어할 것입니다. 자괴감으로 수저앉아 있기보다는 의지를 불태우며 일어서는 모습으로 자긍심과 자부심으로 가슴을 벅차게 만들어 희망을 가득 채우고 주어진 강물에서 마음의 평안을 도모하여 건강이 좋아지도록 매진하다보면 좋은 날들이 그리 멀리 있지 않을 것이라고 생각합니다. 저도 홍규 씨와 같이 골방에서 꼼짝 못 해유! 끄적거리느라고... ㅎㅎㅎ

부디 긍정적인 마인드로 행복한 흑룡의 해가 되기를 바라며 홍규 씨의 건강과 마음의 평안을 두 손 모아 기원합니다.

2012. 1. 10 pm 4:12
박병대 書

시련

시련이 있어야 살아있음을 안다
바람이 우루루 몰려와 시련을 안기고
아파서 펄떡대며 몸부림 칠 때
살아있는 희열로 시련이 죽는다

펄떡이는 생명은
뜨거운 호흡으로 달리고
간절한 소망들 스치는 바람에
살아, 시련으로 눈을 뜬다

파도가 잠들지 않고 일렁이는 것은
끊임없이 뭍으로 가고 싶은
시련이기에
바다는 죽지 않고 춤추며 간다

고뇌로 태어나는 생각이
바람 되어 몰려다니고
살아있음을 증명하기 위해
허우적거린다

홍규 씨!
힘내세요!
추운 날씨에 건강 유의하시고 식사도 거르지 마시고 많이 드세요.
희망이 반드시 응답할 거예요.

黒採德龍

박병대 선배님의 뜻이
이루어지는 한 해가 되시길
이 후배 두손모아 기원드립니다.
金같은 詩! 너무나 고맙습니다.
힘들때 마다 읽어보며 힘을
내겠습니다. 감사합니다.
2012. 1. 16. 閔경호 올림.

홍규 님!

그동안 마음과 몸은 평안했는지요?

바쁜 와중에 홍규님의 훌륭한 새해 서신에 감격스럽고 홍규님의 아픔 가운데서도 괴로움을 마다하고 정성스레 힘들여 보내주신 그 손길 하나하나에 울컥 목이 메어 형언할 수 없는 연민의 애잔한 마음에 눈물 닦으며 홍규님 손길 하나하나 연상하면서 보고보고 또 보며 고마운 마음으로 홍규 씨의 정성에 행복했습니다. 이리 뒤늦게 답을 드리니 참 면구스럽기가 하늘같습니다. 그동안 시집 출간하는 일로 불철주야 매진하다 보니 핑계 아닌 핑계로 이제 사 필을 들었네요! 퇴고하고 교정보느라 대전에 다녀오고 표지 디자인 수정하느라 컴퓨터 앞에서 수많은 메일 주고받으며 모든 작업을 끝내고 2월 13일 오후 인쇄소로 원고 보냈고 3개월여를 씨름한 작업으로 기진맥진하여 그냥 잠자리에 들었습니다. 2월 13일 생일인 벗이 있어 저녁 같이하고 2월 14일 02시 20분에 집에 와 그냥 잤어요! 이제 사 뒤늦은 아침식사 마치고 답을 드리네요! 문협의 많은 시인님들과 접촉해 가면서 순수하고 아름다운 시심의 만남도 행복했었죠! 세상의 아픔으로 안타까운 심사를 털어놓으며 나름대로 그 순수한 영혼을 가꾸어가는 아름다움으로 서로 위로하고 기대어서 정 쌓고 헤어지고 만나면 끌어안고 다독거리면서 이냥 어린애가 되었습니다.

홍규 씨!

세월은 누군가에게는 급한 물살처럼 흐르고 누군가에게는 고여 있는 물처럼 멈춘 것 같고 누군가에게는 강물처럼 느리게 흐르는 한강의 흐름같이 그 느낌이 느껴지겠지요! 세월의 속도는 그대로인데 사람이 느끼는 세월의 속도는 각양각색이니 이는 삶의 무게가 다양하게 느껴지는 그 마음에서 비롯되어지는 것 일겁니다! 고통이 클수록 세월은 느리고 행복이 클수록 세월은 짧기만 합니다.

홍규 씨!

누구나 자신만의 아픔이 크게 느껴지는 것은 자신만 생각하기 때문일 것입니다. 수많은 사람들의 아픔이 곳곳에서 신음을 하는데 아픔을 겪은 사람만이 그 심정을 알고 측은지심의 마음으로 사랑의 따뜻한 손길을 내밀 수 있는 것이겠지요! 자신이 받은 고통을 상기하며 그 고통을 받는 아픔이 보이면 한마디 위로의 말이라도 따뜻하게 건네는 것은 측은지심의 마음이 있기 때문이라고 생각합니다. 누구에게나 세월의 흐름이 똑같이 주어지듯이 사람의 삶도 굴곡 없는 행복한 삶이 되기를 바라지만 그러한 희망은 이루어지지 않기에 모두가 굴곡진 삶을 사는 것이라고 생각합니다.

홍규 씨!

의연하고 초연한 가운데서 힘내시고 변화무쌍한 마음들 잘 추슬러 홍규 씨가 안주해 있는 현재를 천국도 만들고 극락도 만들어 보세요! 세상의 모든 일은 마음먹기 달렸다는 말이 있듯이 천국과 지옥은 그 거리가 종이 한 장 두께밖에는 되지 않을 것이라는 생각을 해봅니다. 건강하기 위해 식사 거르지 말고 평안하기 위해 의연한 마음으로 생활하면서 행복을 만들어보세요!

홍규 씨!

하루하루 봄으로 향하는 계절이 어서어서 다가와 따뜻한 나날이 빨리 왔으면 하고 성급한 마음으로 밖을 내다봅니다. 우수, 경칩 추위가 따뜻하게 다가오기를 바래봅니다. 햇볕은 따뜻한 봄기운으로 다가왔는데 바람은 아직도 차가운 냉기가 남아 가슴이 더 시립기만 합니다.

교정보러 가는 날, 서울역에서 건널목 대기 중에 노숙자 한 분이 다가와 라면이라도 사먹게 돈 좀 달라고, 씻지 못해 때가 낀 검은 손을 내밀더군요! 날이 추워 입은 옷들로 깊숙이 넣어둔 지갑을 꺼내자니 불편도 하고 소매치기가 염려되어 지갑을 꺼내지 못하고 달랑 담배 한 대만 건네고 말았네요! 저의 불편함이나 염려보다는 굶주림의 아픔이 더 큰 노숙자에게 한 끼의 밥을 외면했던 저의 행동이 몹시 후회스럽네요! 헌데 그것도 선행이라 하늘이 은혜를 주시니 그 은혜가 송구스럽기만 했었죠! 대전에 도착하여 교정 일을 마치고 마침 충청지회 시인님들의 모임이 있어 참여를 했습니다. 올라가는 기차시간 오후 8시표를 미리 예매했는데 모임에서 즐거운 시간을 갖다보니 오후 9시 53분 입석표를 받아서 수원까지 가시는 시인님과 함께 기차에 올랐는데 빈자리가 있어도 앉지 않고 서서 있었지요. 서울까지 3/1정도 지나고 있을 때 자리에 앉아 가시던 분이 저기 빈자리에 가서 앉으라고 두 번 세 번 권하기에 신문보고 계시는데 방해되니 그냥 서서 가겠다고 했는데, 그러고 나서 어떤 상황이 되었을까요? 성격이 몹시 급한 다혈질의 분이었던 것 같아요! 벌떡 일어서더니 저보고 앉으라고 권하고 그 빈자리에 가서 앉았어요! 그렇게 마음 깊이 따뜻한 배려를 받고 고마웠습니다. 정거장마다 그 빈자리 임자가 탑승하는지 주시하면서 가는데 수원에서 내리셨어요! 그때까지도 빈자리 임자는 탑승하지 않았지요! 서울까지 오면서 뇌리 속에 머물렀던 담배 한 대와 한 끼의 밥이 후회와 염려의 생각으로 부끄러웠는데 하늘이 이렇게 은혜를 주었어요!

홍규 씨!

더불어 행복하게 사는 삶의 한 토막을 그렇게 경험했답니다. 답답한 세월도 의연하게 보내면 고통스런 마음도 일어나지 않을 것입니다. 부디 건강 살피시고 평안하기를 기원합니다. 힘내시고 사랑하는 주위의 모든 분들, 그 따뜻한 마음 상기하면서 행복을 만들어 평온한 나날이 되기를 바랍니다.

2012. 2. 14. pm 01:50
박병대 書

그믐밤

푸른 그리움으로 잠들어
꿈속에서 깨어나
가슴으로 뜨는 달

사무치는 설움에 촉촉이
젖어오는 눈물
베갯머리 적시네

그믐에는
그리움도
홀로 해야 하는 밤

달도 숨어

저 홀로 그리워하는지
달그림자 보이지 않네

홍규 씨!
아련한 마음이야
당신뿐 이겠습니까?
모두가 아련하고
모두가 그리우니
둥근 보름달
당신 찾아가겠죠!
힘내시고 건강하세요!

2012. 2. 14. pm 01:50
박병대 書

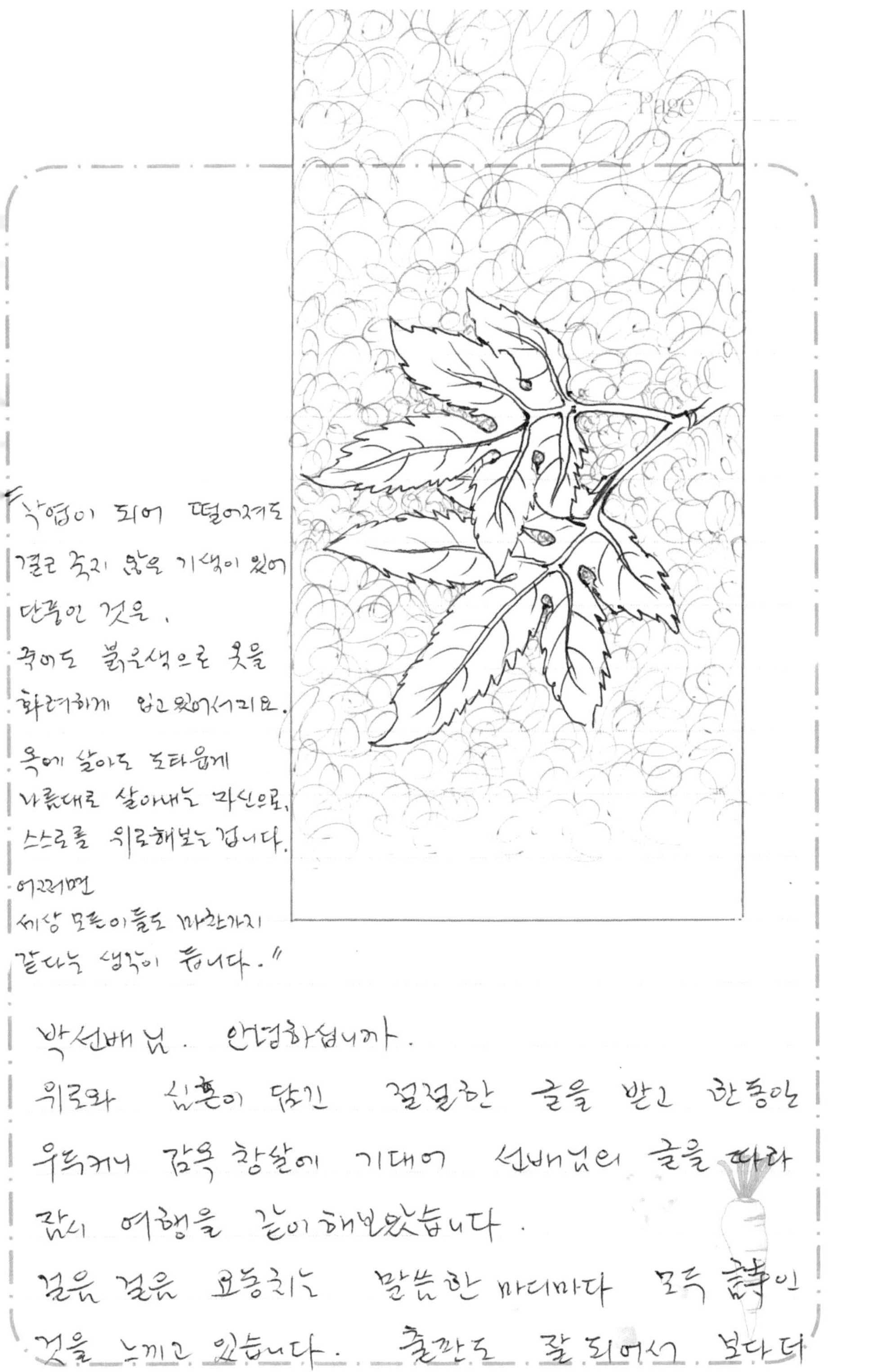

"낙엽이 되어 떨어져도
결코 죽지 않은 기색이 있어
단풍인 것은,
죽어도 붉은색으로 옷을
화려하게 입고 있어서지요.
옥에 살아도 도타웁게
나름대로 살아내는 자신으로,
스스로를 위로해보는 겁니다.
어쩌면
세상 모든이들도 마찬가지
같다는 생각이 듭니다."

박선배님. 안녕하십니까.
위로와 심혼이 담긴 절절한 글을 받고 한동안
우두커니 감옥 창살에 기대어 선배님의 글을 따라
잠시 여행을 같이해보았습니다.
걸음 걸음 요동치는 말씀 한 마디마다 모두 詩인
것을 느끼고 있습니다. 출판도 잘되어서 보다 더

옹골찬 문화로 남겨두어 몽매한 저 같은 이들의
영혼을 맑게 씻어주십사 감히 말씀드립니다.
서신에서 노숙자와 좌석양보하신 얘기는 정말
제가 옆에 서서 같이 듣고 보고 있는 것 같았습니다.
아마도 두평도 안되는 공간에 두해를 갇혀사는
저를 위해 여행을 시켜주시는 생각이 들었습니다.
함께 역사에 들고 기차여행을 떠나 갔다 온
것 같았습니다. 감사합니다.
특히 "그믐달"은 저녁늦은 시간과 문뜩 솟으라
쳐 잠이 깨인 새벽에 쇠창살 밖에 뜬
달을 물끄러미 바라보는 제심정을 살갑게
전해주는 선배님의 노래로 들려왔습니다.
너무나 감사해서 무어라 말씀을 드려야 할지
모르겠습니다. 선배님의 글을 받으니 비록 이곳에
몸은 묶여 있지만, 결코 외롭지가 않습니다.
주옥같은 귀절 고맙습니다. 변화하는 절기에
몸을 잘 보존하시어 더욱 훌륭한 詩를 남기시길
빌겠습니다. 안녕히 계십시요.

2012. 2. 17. 민흥규 올림.

(이곳은 붓도 먹도 좋은 편지지도 없습니다.
일률적으로 나오는 편지지가 전부입니다. 불편과 교도소에서 만든 편지지라서 좋은 작품을 할 수

홍규 씨!

그간 무탈하였는지요?

동동거리며 생활하다 보니 이제사 필을 들게 되네요! 이제는 추위도 떠나고 싶어 하는가 봅니다. 다사로운 봄볕이 온 누리에 퍼지며 눈부신 세상을 만들고 있네요! 겨우내 잠자던 새싹도 깨어나 삐죽이 내미는 초록의 생명을 보면서 부활의 환희를 온몸으로 적시고 나른한 가운데 참 행복의 의미를 다시금 생각해 봅니다. 힘들고 어려운 가운데 무언가 심취할 수 있는 일말의 소일거리가 있다면 그 또한 커다란 행복이 아니겠는지요? 봄의 에너지가 표출되는 시기에 푸른 새싹의 생명력처럼 홍규 씨의 건강도 푸르게 어우러져 행복한 나날이 되기를 기원합니다.

홍규 씨!

문협의 시인님들과 어우러지며 모임과 행사로 하여 바쁜 시간을 보내다 보니 홍규 씨에게 적조했던 것이 미안하네요! 마음의 평화가 이루어지고 아름다움을 볼 수 있는 삶으로 참 행복이 되기를 바랍니다. 언제나 부족한 가운데 살아가는 삶의 갈증이 모든 사람들을 괴롭히지만 그래도 희망으로 꿋꿋하게 살아가는 많은 사람들을 봅니다. 시련으로 더욱 단단해지는 강철같이 나날이 단단해져가는 가운데 홍규 씨의 시련이 헛되지 않고 더욱 발전해 갈 수 있는 시련의 의미로 자리매김 할 수 있기를 바랍니다.

2012. 3. 20. pm 01:30
홍규 씨의 건강을 기원하며
박병대 書

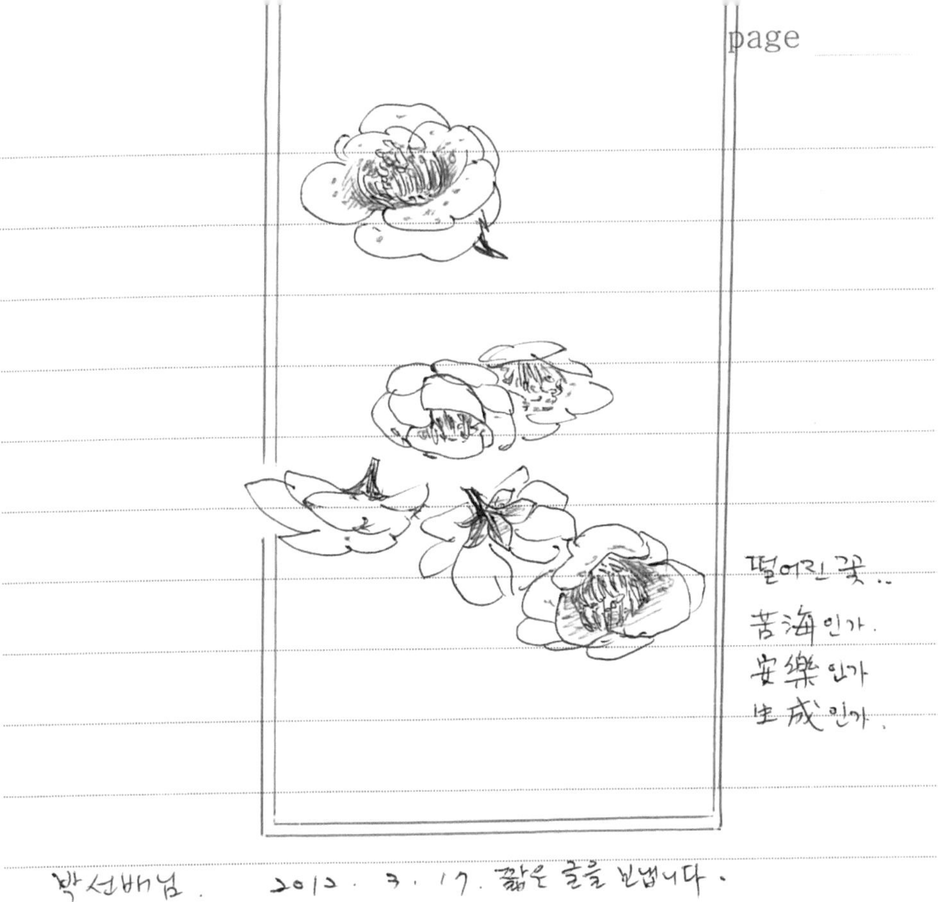

떨어진 꽃..
苦海인가.
安樂인가
生成인가.

박선배님. 2012. 3. 17. 짧은 글을 보냅니다.

비가 내렸습니다. 아직 피지 않은 꽃들이 숨트임을 열게되게.
봄을 먼저 불러내는 비가 내렸습니다. 선배님의 詩集을
감명깊게 읽었습니다. 노작을 보고 너무나 기뻤습니다.
늘 정진하는 모습이 참보기에 좋을 뿐 아니라. 귀감도 되는 것
같습니다. 화려한 꽃은 사람들이 좋아하지만 농사꾼들은
떨어진 꽃을 더 좋아하지요. 꽃이 떨어져야 비로서 열매를
맺기 때문이지요. 세상을 풍비하며 살았지만, 때때로 비를
맞고 바람에 쓸려 땅에 곤두박질 당하는 꽃은 신의 섭리라
생각이 듭니다. 우리들이 세상을 보는 것보다 자연은 우리를 보며
오늘도 웃고있는 것 같습니다. 저의 처지가 지금 떨어진 꽃처럼
보여도. 이 고해를 넘어 새싹을 이 봄맞이처럼 일구어 가다보면
선배님과도 만날날이 올거라 생각합니다. 늘 지켜봐주시고 용기를
주시어 감사합니다. 이번주에 또 재판이 있습니다. 감사합니다. 민홍

홍규 씨!

그동안 건강하게 평안했는지요?

참으로 세월은 유수와 같다더니 홍규님에게 소식을 전한지도 두 달이나 되어가네요! 홍규님의 시간은 하루가 여삼추 일진데 이리도 사치스러운 말을 하게 되니 염치가 없네요!

벚꽃!

만개하였다 비바람에 떨어진 자취도 기억에서나 찾을 뿐! 올해는 게으른 소치로 벚꽃과 함께하지 못하고 지나쳐버렸네요! 문협의 행사와 지회의 정기모임, 문협 시인님과 개별적인 만남, 가정사와 동창들의 모임, 독서, 창작... 등등의 일들이 어찌 그리도 많은지 홍규 씨에게 이리도 뒤늦게 답신을 보내니 참 미안하네요!

홍규님께서 주신 아름다운 낙화의 비련을 봅니다. 윤회하는 자연의 섭리는 사람에게도 찾아와 홍규 씨가 언급한 고해, 안락, 생성의 의미를 모두 함축하고 있다고 생각합니다. 존재했던 한 시절의 영화가 소멸되면 그 열매는 씨앗을 품고 또 다른 영화의 꿈을 꾸며 아름다운 싹으로 그 꿈을 밀어 올리는 혼신의 힘을 감추고 따뜻한 햇볕이 다가오는 그날에 희망의 싹으로 돋아나겠지요!

첩첩산중에서 끝없이 넘어가야 할 산들의 능선이 주름져 늘어선 고해의 통증으로 신음하는 하나하나의 밤들이 어둠이라도 넘어가야 한다는 굳은 의지로 희망의 명제를 갖고 찾아오는 능선마다 돌탑 쌓아놓고 넘어가고 하다보면 첩첩의 능선에서 많은 돌탑의 부르짖음이 하늘도 흔들어 깨우겠지요! 마음의 평화로 가기까지 많은 고뇌와 고통을 넘어가며 이루어진 안락은 견고한 성(城)을 만들고 성(城)안에서 피어나는 꽃송이로 육체의 평안함을 이루고 자연과 벗하며 지내다 보면 한순간에 가는 세월! 그래도 한순간이 너무 길어 마음만 조급해지네요!

홍규 씨!
부디 건강하고 평안하기를 바라며 원하는 소망과 희망이 행복한 가운데 이루어지기를 두 손 모아 기원합니다.

2012. 4. 30. am 01:40
박병대 書

중심

자연의 품에는
안도 없고
밖도 없다

오직
존재하는 의미가
중심일 뿐이다

창살은 창살일 뿐
안과 밖이 따로

있을 수 없다

안이라고
밖이라고
선 그은 자 누구냐

오로지
중심으로
내가 있을 뿐이다

홍규 씨의 마음의 평안과 행복을 두 손 모아 기원합니다.

박병대 書

무엇을 담으랴!
2012. 5. 7
MINHONGGYU

박선배님,

그동안 건강하셨습니까. 밖에서의 분주함을 들으니 사는 내음이 솔솔나고 냇물이 흐르듯 하루 하루가 이어지는 생활을 느끼셔서 감동적입니다. 선배님의 詩. "중심"이 제 심혼에 응결되며 표현할 수 없는 위로로 獨座大雄을 언뜻 상기합니다. 그리고 답으로 가방을 하나 떠올렸습니다. 세상의 뜻이 흘러라도 뭉뚱그려진 것일진대. 누가 들고 가느냐가 主人 인것같아 그려 보았습니다. 선배님께서 들고가시는 아름다운 뜻이 부디 흩어지지 않고 잘 보존되어 가시길 더불어 빕니다. 못난 후배는 선배님의 큰 글에 오늘도 위안을 받습니다.

감사합니다. 민 홍규.

홍규 씨!

답신을 받고 저 역시 너무도 반갑고 기뻐서 행복했습니다.

홍규 씨 마음에 희망이 커가는 것을 여실히 느낄 수 있었기에 하늘이 더 푸르러지고 바라보는 꽃송이도 더 아름답게 보이네요! 홍규 씨의 꽃그림이 참 아름다워요! 혼돈 속에서 일어서는 기상이 꿋꿋해 보이니 홍규 씨의 강한 의지를 보는 것 같아 더욱 기뻤네요! 산야에 자생하는 고들빼기 같네요! 노란 꽃잎에 꽃술도 꽃잎과 같은 색을 하고 있죠! 각종 염증을 다스리는 효능이 있어 약재로도 사용을 해요! 아마도 홍규 씨의 건강을 염려해서 고들빼기가 홍규님을 찾아간 것 같아요! ~ㅎ

홍규 씨!

살아있는 모든 만물은 결코 묻혀서 덮여있지 않아요! 산하의 풀과 나무도 덮여있지 않고 생명을 주는 물조차 덮여있지 않아요! 살아있는 모든 것들은 언제나 희망으로 움직이고 있어요! 단지 생각의 부정적인 결론이 속박하고 있을 뿐이지요! 나 밖의 모든 존재는 그냥 무심할 뿐입니다. 내 자신이 긍정적인 사고로 행할 때 비로소 나 밖의 존재들은 나에게 유심하게 다가와 나의 가치를 높여주고 그것으로 나 자신은 행복과 함께 삶의 즐거움과 보람을 느끼는 것입니다!

홍규 씨!

지난 5월 19일에는 문협 시인님의 시집 출판기념회 겸 환갑잔치를 하는 자리에 다녀왔어요! 강변 시외버스 터미널에서 강원도 홍천 행 버스를 타고 홍천 터미널에서 시내버스로 환승하여 두촌 농원으로 갔어요! 우리 문협 시인님의 집이에요! 토요일이라 차가 밀려서 5시간

가까이 걸렸죠. 신록의 산야를 보면서 길게 늘어서 진행하는 각종 차들의 행렬에 묻혀 기쁜 마음으로 축하하려고 짜증을 접어두고 홍천 터미널에서 출출하여 토스트 이천 원 주고 사먹고 400원에 자판기 커피 마시며 두촌행 시내버스를 30분간 기다렸었죠! 많은 시인들과 어울려 푸근했던 시간들! 여섯 개의 화환이 입구에 놓여있고 시인님의 시가 그림에 적혀 세로로 걸려있고(5개) 한쪽에는 한식 뷔페가 차려지고 여기저기 삼삼오오 이야기꽃을 피우며 사진도 찍었어요! 시집출간 축하로 색소폰 연주가 있었고 두 분의 시인님이 각각 축하의 노래를 불렀어요! 저도 마이크 잡고 한마디 했답니다! 내가 도착해 들어설 때 반갑게 뛰어나와 맞이하시는 시인님과 꼬옥 끌어안고 포옹을 했어요! 기쁘고 반가운 마음의 충돌이었죠! ~ㅎㅎ 김해에서 올라오신 시인님의 차에 올라 홍천 터미널에서 버스를 타고 귀가하는 길은 수월하게 왔어요! 저녁 아홉시가 넘어 들어왔답니다. 내일(5월 20일)은 서울인천지회 정기모임 겸 소풍으로 인천 석모도 끄트머리에 있는 모도(섬)에 간답니다

동대문 굳모닝시티 오전 9시 10분

신선한 아침의 공기가 더워지는 시간에 시인님들과 해후하여 모도로 향했어요! 25인승 미니버스를 대절했거든요! 기사가 길을 헤매는 바람에 엉뚱한 선착장(영종도 행)에 갔다가 삼목선착장(모도 행)에 도착하는 바람에 배를 놓치고 한 시간 후에 승선했는데 갈매기가 배 주변에서 승객이 던져주는 새우깡을 받아먹으며 쫓아오네요! 시인님 한 분은 갈매기를 잡아서 양 날개를 잡고 울렁울렁 위아래로 날갯짓하다가 놓아주었는데 날지 못하고 곧바로 바다에 추락하였어요! ~ㅎㅎ 타인에 의한 날갯짓의 리듬은 도움이 되지 않는다는 교훈을 얻고

자신의 리듬이 얼마나 중요한 것인지 새삼 알게 되었습니다! 모도에 도착해서 배미꾸미 카페에서 점심 식사를 하고 바로 앞에 펼쳐놓은 조각품도 감상한 후에 그 앞의 모래밭에서 게임을 했어요! 2인 1조로 발을 같이 묶고 달려가서 발을 풀고 몸 베를 입은 후에 풍선을 등 사이에 넣고서 출발점으로 돌아와 터트리는 게임인데 저와 짝이 된 시인님의 키가 작아(158cm) 애를 먹었죠! 제 키는 173cm이거든요! 그런데 모래밭이 경사가 져서 제가 낮은 곳에 위치했는데도 그렇게 힘들 수가 없었어요! 게임이 끝나고 보물찾기 하고 만들어진 무대에 앉아 시낭송하고 노래하고 번갈아 가며 하다가 노을이 내려오는 시간에 귀갓길에 올라 집에 오니 9시 40분이네요!

홍규 씨!

이틀씩이나 강행군을 해서 그런지 몸살이 났어요! 이틀을 끙끙 앓고 기운을 차렸네요! 유월에는 대전국립현충원, 팔월에는 천안 독립기념관에서 시화전을 하게 되어 또 장거리를 뛰어야 할 것 같네요!

홍규 씨!

일상 사물에서 느끼는 긍정적인 사고는 많은 에너지를 주게 되고 그 힘으로 내면의 성숙과 함께 옳은 길을 가고자 생각도 합니다! 무심코 길 가다 돌 틈에서 피어난 꽃송이나 하늘을 날며 오물을 떨구는 새로부터 오물을 맞을 때나 무심히 흘러가는 구름마저도 관심을 주게 되면 모든 사물은 이야기를 들려줍니다. 그들의 이야기에도 희로애락이 있어 사람의 삶과 다름없음을 알게 되면 살아있는 생명의 모든 것들이 귀한 존재이고 그러기에 자신도 귀한 존재인 것입니다! 귀한 물건을 소중하게 다루듯이 자신도 소중하게 보존해야 하는 이유를 거기에서 찾을 수 있겠지요!

홍규 씨!

여름으로 접어드는 열하의 날씨가 벌써부터 느껴지고 있네요! 더위와 씨름해서 이기려면 더한층 건강에 신경 써야 하겠죠! 홍규 씨나 저 역시 얼마 남지 않은 인생의 삶으로 보다 더 행복해져야 하겠습니다! 지난날의 모든 일들은 기뻤거나 슬펐든 간에 모두가 부질없다는 것을 알게 되니 앞으로 살아갈 날들이 더욱 소중하다고 생각이 드는 것은 그동안의 삶이 만족스럽지 못한 일면의 단상으로 찾아오는 회한 때문이기도 한 것 같습니다!

홍규 씨!

주위의 사물들과 역지사지의 처지에서 대화를 한번 해보세요! 운동장의 모래알, 돋아난 풀잎, 돌멩이... 그 모든 사물들이 예술의 출발점이고, 아름다운 영혼을 키우고, 예술인 들은 그런 것들로부터 형성된 아름다운 영혼을 모든 사람들에게 형상화하여 보여주며 세상을 아름답게 가꾸어 가는 것이라고 생각합니다. 홍규 씨의 답신이 꿋꿋한 기상으로 일어서는 희망이 있어 참 행복했음을 거듭 표하며 이만 줄입니다. 평화와 함께 행복하세요!

2012. 5. 14. pm 03:40

박병대 書

소풍

모도
늘어선 끄트머리 작은 섬
작아도 당당하다
찾아오는 이
갖출 것 다 갖추고 맞이한다

조가비의 부서진 전설이
모래알과 어우러져
파도로 밀려와 부서지는 거품 닮은 빛
희끗희끗 부서진 속내 드러내고
몽땅 바람에 맡긴다

파도 앞에 마주 선다
쳐르르 철석 쳐르르 쳑
무궁한 세월 같은 말만 하는구나
삶이 싱거우면 짠 맛 보려고
짠 물 밴 돌멩이 하나 집었다

석양으로 기울어지는 태양
하루의 끄트머리에서
단풍든 길 하나 놓아주고
사랑타령을 한다
사랑해 달라고...

시인은 말이 없고
노래만 부른다
파도는 같은 말만 하고
사랑해 달라는 태양의 말은
단풍든 길에서 바람에 날려간다.

PS 홍규 씨의 꽃그림 바탕이 노을에 물든 바다와 같네요! 소풍갔다가 노을 든 바다가 홍규 씨 그림을 보니 떠오르네요!

소풍에서 끼적인 부끄러운 글이네요! 노을 든 해변에서 태양과 마주서니 2m정도의 폭으로 태양과 나 사이에 더욱 붉은 직선으로 연결되어 붉은 길처럼 느꼈거든요! 그런데 홍규 씨 그림 바탕에 더욱 붉은 직선의 길이 보이니 같은 시간대에 홍규 씨와 같은 생각을 한 것 같아 좋았습니다.

홍규 씨!

저린 마음으로 주체하지 못했던 심신의 괴로움에서 평화를 얻었는지요?!

괴롭던 추위도 물러가고 하루하루 더워지는 날씨로 길거리의 사람들 옷차림새도 시원스럽게 바뀌어 가고 있네요. 지난 일요일(5월 13일)에 초등동문 체육대회를 모교 운동장에서 했습니다. 누님도 동참하여 뜻밖의 만남이라 반가웠었죠! 많은 동기들로 하여 속내도 드러내지 못하고 이심전심의 눈빛으로 몇 마디 주고받았네요! 동기들과 밝은 모습으로 어울리려는 생각으로 너스레도 피우는 누님을 가슴 저리게 보면서 하루라도 모진 마음고생에서 빨리 벗어나기를 기원밖에는 할 수가 없었네요! 세상 살아가며 겪어야만 하는 온전치 못한 반쪽의 자유를 끌어안고 주어진 모양의 틀에서 안간힘을 써가며 발돋움하면 그 이상으로 애환도 더 주어지는 삶으로 어디에 존재하던 간에 연민의 삶이 항상 마음에 앙금으로 남기만 하는 세월! 그러한 불가항력의 풀지 못할 숙제들만 잔뜩 끌어안고 애태우다 보면 황혼의 노을이 내려오고 얼마 남지 않은 생애마저 연민의 삶으로 살아가야 하는 게 현실인가 봅니다.

지난 토요일(5월 12일)에는 처조카 아들 돌이라서 점심 식사를 강남 호텔에서 같이 했네요! 누런 황금을 손가락에 끼워주며 황금으로 하여 때 묻는 인생이 되지 않기를 염원하며 아기의 눈망울을 바라보았네요! 끊임없이 무수히 태어나는 생명들! 삶의 질곡에서도 멈추지 않는 생명의 탄생은 과연 무엇을 의미하는 것인지, 지금도 화두 하나 끌어안고 글을 쓰네요! 점심식사를 마치고 문협 충청지회 모임에 참여하느라 대전에 갔지요! 시인님들과 대화주제가 멸종되어가는 곤충

들의 이야기로 제비, 때까치, 참새... 들이 보기 힘들고 벌들도 아카시아 꽃에 날아오지 않아 아카시아 향이 느껴지지 않으며 중국에서 날아오는 꽃 매미... 등등의 대화를 하면서 인간도 전쟁이 아닌 자연재앙으로 멸망할 것이라는 슬픈 이야기들을 했지요! 그러한 것들에 대해서 안타까워하는 사람들만 염려스러움을 말하고 있으나 대다수의 사람들은 무감각하게 생활하는 죽어있는 의식들이 참으로 가엾게 보입니다.

홍규 씨!

어제는(5월 15일) 방송대 다닐 때 문학동아리에서 같이 습작했던 글벗을 대학로 민들레영토에서 20년 만에 지도했던 선배님과 함께 만났네요! 엄마가 보고 싶어 눈물이 났다는 말에 아련한 아픔으로 내 가슴에 자리 잡은 가녀린 글벗이었지요! 그동안 어엿한 중견시인으로 발전한 글벗의 밝은 모습이 참 보기 좋았어요! 삶의 질곡에서 숨 가쁘게 지내는 나의 삶으로 하여 글쓰기를 떠났던 공백기에 그리도 훌륭하게 발전 했더군요! 향수에 젖어 행복한 시간을 보내며 저녁식사를 하고 몇몇 시인을 거론하기도 하면서 부정적인 평을 듣지 않는 글을 써야 된다고 나름대로 각오도 새로이 해보는 시간이었죠! 대학로의 흘러넘치는 젊음의 물결 속에서 싱싱한 힘의 에너지들, 밝고 경쾌하게 흐르는 그 에너지들이 얼마나 부러웠던지... 이제는 몸도 여기저기 쿡쿡 쑤시고 저리고 아프기만 하니 젊었던 한 때의 시절이 그리워지기도 했네요!

홍규 씨!

신록의 계절이 이름값을 하느라고 푸름을 한껏 내뿜고 있네요! 홍규 씨의 건강도 그와 같이 푸르게 살아나 육체의 고통에서 벗어나 평안함을 찾았으면 하는 기원을 합니다. 푸르른 산하에서 푸른 하늘 마음껏 들이마시며 아름다운 홍규 씨의 예술혼으로 모든 사람들의 영혼이 맑아졌으면 하는 희망 하나 품어봅니다.

유월에 문협 행사로 시화전이 열립니다.

시의 주제가 나라사랑 가족 사랑으로 나라와 가족을 사랑하는 시를 창작해서 많은 사람에게 전시를 해야 하는데 저의 글이 감동을 줄 수 있을지 궁금하네요!

홍규 씨의 건강과 평안을 오늘도 기원하며 더워지는 날씨에 건강 유의하시고 즐거운 마음으로 행복하시기를 아울러 기원합니다.

2012. 5. 16. am 10:32

박병대 書

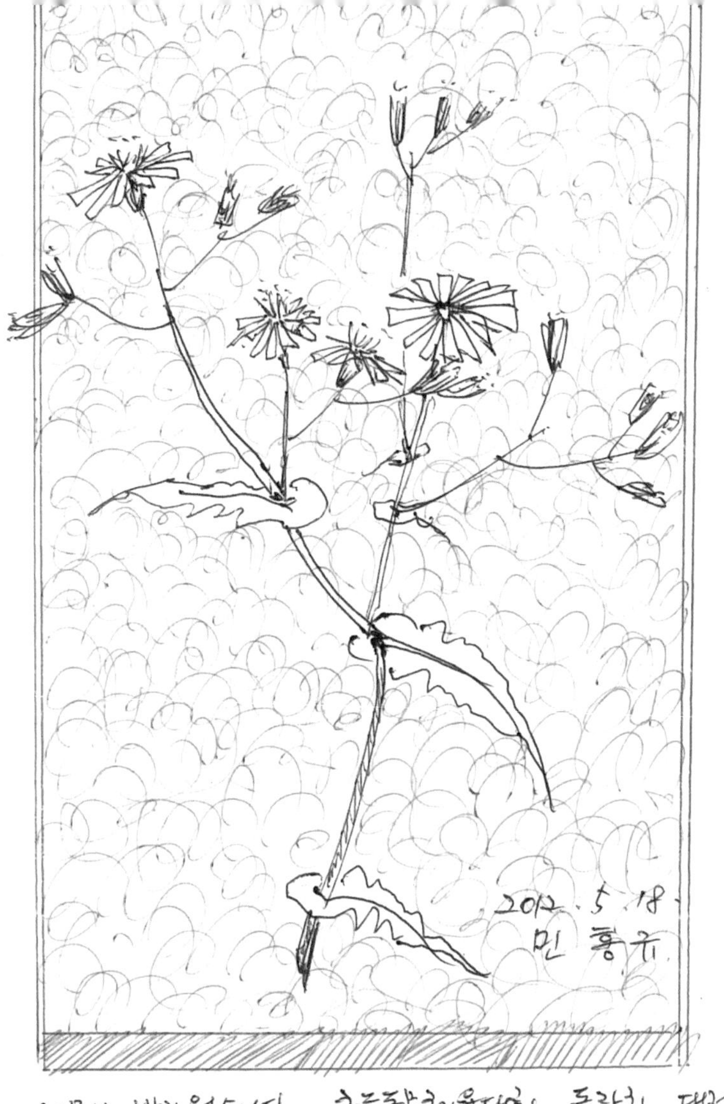

박선배님. 너무나 반가웠습니다. 초등동문체육대회. 출간회. 대전에서 만난 同窓人들의 이야기. 모두 감사했습니다. 특히 출간회에서 "황금은 때묻는 인생이 되지 않기를 염원하며" 아끼 눈빛을 바라 보셨다는 얘기 저를 감동시켰습니다. 이렇게 부박이가 되어 살아가는 제가 바깥생활을 다니는 느낌이 뜻깊었습니다. 눈에 선하네요. 고맙습니다.
여기 그린 꽃은 감옥 운동장 철망 담장 아래서 홀로피는 꽃입니다. 같은 느긋이 의연하게 핀 이 꽃은 오늘도 제자리에서 웃고있는 것을 느꼈습니다. 선배님 언제나 신경써 주셔서 제가 묻혀 덮인 존재가 아니라는 희망을 얻습니다. 고맙습니다. 감사합니다.

2012. 5. 18.

홍규 씨!

하루하루 더워지는 여름의 문턱을 넘어서고 있는 뜨거운 계절이 되었네요!

뜨거운 예술의 열정으로 행복한 날들이 되시기를 바랍니다. 건강은 좀 어떠한지 염려되는 가운데 홍규 씨의 마음에 행복과 평화와 예술의 열정이 가득하다면 건강도 차츰차츰 좋아지리라 믿고 있습니다. 음식도 건강한 생명을 위해서 있는 것이니 입에 거친 음식이라 할지라도 감사한 마음으로 식사 하다보면 건강도 많이 좋아지리라 믿습니다.

홍규 씨!

호국의 달 6월에 애국을 생각하고 현충일 6일에 호국영령들을 생각합니다. 무수히 많은 외세의 침략 속에서 끈질기게 살아온 우리의 민족이 자랑스럽고 목숨 바친 영령들이 존경스럽습니다. 현충일에 문협 시인님의 부친상 조문을 다녀왔죠! 공주에서 장례식장에 도착하니 오전 11시 40분! 시인님을 꼬옥 끌어안고 슬픔을 같이했죠! 죽음 앞에서 찾아오는 허망함이 망연하기만 하고 산자들의 안타깝고 아파하는 마음은 조문객의 위로에도 숨을 줄을 모르네요!

홍규 씨!

어제(9일)는 북한산에 다녀왔어요!

배낭에는 오이 1개, 김밥 1줄, 초코파이 2개, 삼다수 0.5L 2병 넣고서 천천히 산을 올랐어요! 가뭄으로 하여 계곡물은 자취도 없고 너덜겅으로 모습을 드러낸 크고 작은 돌멩이만 보면서 쉬엄쉬엄 오르며 보니 길가 녹색 그늘에 얼굴을 드러낸 빨간 뱀딸기가 곳곳에 맺혀있는 모습이 너무 아름다웠지요! 전에는 별로 볼 수 없었던 송충이와 자벌레는 어찌나 많던지 길가 벤치에 앉아 가쁜 호흡을 진정하며 오이 반쪽을 먹는데 송충이가 바람에 날려 와 달라붙어 화들짝 놀라고 나뭇가지 주워 대주며 타고 오를 때 숲으로 던지고 오이 한입 베어 물고 우적대고 있는데 이번에는 자 벌레가 바람에 날려 와 달라붙어 떼어내려는데 머리와 꼬리 쪽에 갈쿠리가 있는지 옷마저 들어 올려지며 떨어지질 않네요! 이번에도 나뭇가지로 유인해서 숲으로 던지고 벤치를 떠났어요! 보국 문으로 가는 길 샘터는 물이 없었고 두 번째 만나는 샘터는 졸졸거리며 물이 나오네요! 아래는 물이 없고 위에는 물이 있으니 자연의 신비로움이 새삼 일깨워지고 보국문에 올라 김밥 한 줄로 점심을 먹고 나니 오후 1시 30분! 빗방울이 간간이 떨어지고 구름과 함께 뿌연 연무로 하여 내려다보이는 넓은 세상의 경치는 희미하였네요! 성곽을 따라 대성 문으로 향하는데 모든 기운이 빠져 다리가 후들 후들거리고... 그래도 힘을 내서 갔어요! 대성문에서 영취사에 도달하니 나무아미타불 관세음보살까지 각기 이루어진 음률이 반복되어 들리고 약차가 놓여있어 한 잔 따라 먹으니 몸과 마음이 편안해지네요! 천천히 하산하여 귀갓길에 마트에 들러 고등어 사들고 들어왔네요! 물론 저녁 반찬은 고등어반찬 이었죠. 아직도 온몸이 뻐근하네요!

홍규 씨!

속으로 침잠해 오는 아픔들을 예술의 혼으로 달래가며 행복과 평화를 찾고 꿋꿋한 삶으로 희망을 향해 의연하게 가다보면 아름다운 날들이 반드시 올 거라고 믿습니다. 홍규 씨는 아직도 할 일들이 많이 있지 않습니까? 평생을 걸어온 예술의 길이 아직도 끝나지 않았는데 그러므로 할 일이 있으니, 쪽빛의 푸름이 출렁이고 있으니 어려운 가운데서도 굳은 의지로 힘내시고 홍규 씨를 사랑하고 있는 가족과 주위의 모든 분들에게도 굳건하게 일어서는 모습으로 희망을 주시기 바랍니다. 날로 더워지는 날씨에 부디 건강에 유의 하시고 더운 날씨로 인해 입맛이 없는 가운데서도 어떠한 음식이던 간에 많이 섭취하여 날로 건강해 지기를 간곡히 바라며 홍규 씨의 영혼이 평화롭고 아름답기를 두 손 모아 기원합니다!

2012. 6. 10. pm 12:40
박병대 書

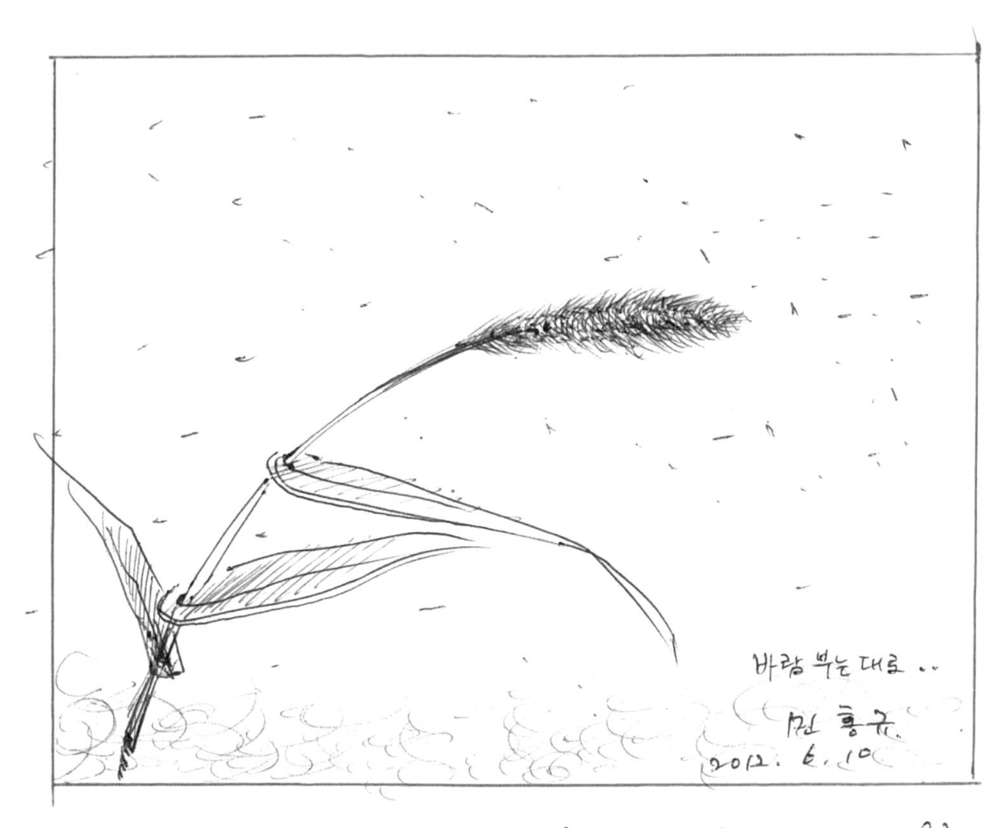

박선배님. 안녕하십니까. 보내주신 서신으로 덩달아 자유를 만끽하며 바람타고 별을 그리며 여행을 같이 한것 같습니다. 정말 바쁘신 하루 하루를 알차고 여유로 지내시는 것을 보니 참 반갑습니다. 건강만 잘 유지해 주시면 백수를 넘기시며 좋은 글을 많이 남기실것 같습니다. 일전에 그려보낸 꽃을 알고나니 새삼스레 그 꽃이 보이는것이 선배님의 말씀이 메아리치는 듯 합니다. 감사합니다. 늘 희망메세지를 주어서 고단한 하루가 일같이 되고 힘을 얻습니다. 금번 여행을 읽으며, 홍천. 모도등 정말 실감이 나 눈에 선한 여행길이 선배님의 글로 또한번 정화가 되어 오니 얼마나 신선한지 모르겠습니다. 저를 시원히 길밝힘해주시어 심원으로 고마움을 전합니다. 위 그림의 풀은 제가 밖에서도 늘 입에 물고 여흥을 나던 것인데, 감옥 운동장가에 작년 여름에 이어 올해도 자랐네요. 이 것에서 저는 인간의 삶과 순환을 느끼게 했었지요. 모든 생명의 함축을 되새기곤 하던 풀입니다. 잘 지내겠습니다. 선배님 지켜봐 주시어 고맙습니다. 건강하십시오.

2012. 6. 9. 민 홍 규 드림.

홍규 씨!

더운 날씨에 무탈하게 지내는지요?

홍규 씨의 답신을 받고 많은 생각을 합니다. 자유, 여행, 정화, 순환 그리고 가녀린 강아지풀! 아직도 한참 부족한 제게 길 받침의 의미를 부여하는 홍규 씨의 말이 몸 둘 바를 모르게 하네요! 사람구실 한번 제대로 하지 못한 부끄러운 삶으로 지금껏 살아왔어요! 세월은 허망하기만 하고... 그래도 부끄러운 저의 글이 위로가 된다니 고맙기 한량 없네요!

홍규 씨!

내일(17일)은 대전에 있는 국립현충원에서 대한 문인협회 행사가 있어요! 시화전과 함께하는 행사인데 시의 주제는 나라 사랑, 가족사랑 두 가지인데 저도 두 편을 참여했어요! 행사에 다녀와서 지금 쓰는 서신을 부치려고 합니다.

홍규 씨!

하루에도 수없이 평안과 불안을 오락가락하면서 살아가는 세상에서 부정하는 마음은 더욱 불안하게 만들고 긍정하는 마음은 더욱 평안하게 된다는 이치를 늦게나마 깨달았죠! 홍규 씨가 보내준 강아지풀이 바람에 순응하여 숙이고 있는 것이 이치를 순응하면 평안한 삶을 산다는 자연의 교훈을 보는 것이라고 생각합니다. 홍규 씨가 강아지풀과 더불어 여름을 함께 했다니 아름다운 영혼이 보여 행복한 시간을 갖게 되네요!

홍규 씨!

무엇엔가 푹 빠져서 심취한 생활을 한다면 모든 아픈 마음을 잊을 거라고 생각합니다. 비록 한 평의 작은 공간일지라도 광활한 우주와 같을 것이니 그것이 진정한 자유가 아니겠는지요? 생각에서부터 희망이 오고 생각에서부터 자유가 오는 것이니 심취한 생각은 세월도 잊을 것입니다. 홍규 씨의 희망과 건강을 두 손 모아 기원합니다.

2012. 6. 16. pm 12:37.
박병대 書

사랑으로

절망이라고 생각해도
희망으로 일어서는 사람이 있다

눈물겨운 삶의 의지로
신음하며 일어서는 사람이 있다

뿔뿔이 흩어져 비산하고
삶을 거두어 세상을 떠나도

사랑으로 굳게 뭉쳐
사랑으로 일어서는 희망이 있다

끝없는 사랑으로
불끈불끈 일어서는 사람이 있다

2012. 6. 16. pm 12:48

한줌 흙

한줌 흙 되어
비석에 이름 남겼네

흙 향기 바람으로
안고 가는 종소리

한줌 흙으로
무궁화 꽃피우며

조국과 한 몸 되어
영원히 사노라니

하늘 품고 바라보는
태극기 펄럭이네

부모님

그리움 속으로 들어가신 부모님
애잔한 마음으로 기리는
부모님의 사랑과 은혜가 가이없음을
그리움 속에서 깨달으니
부모님 살아생전 무심했던 날들
참으로 죄스러운 마음
모든 자식들의 회한이겠지요

흙 돋우고 떼 입혀 단장하며
몸으로 흘리는 눈물
한 잔 술로 용서를 빌고
돌아설 때에
부모님의 말씀이 들려옵니다
얘야, 엄마 아빠는 죽어서도
너를 사랑하고 있단다

추신
홍규 씨!
이번 시화전에 출품한 두 편의 시입니다. 흙이 된 부모님과 영령들의 마음을 헤아려보았지요! 나라사랑과 가족사랑으로 매김한 삶의 발자취들! 산 자가 느끼는 허망한 마음도 사랑으로 가득한 면모가 아니겠는지요? 홍규님과 함께하고 싶어 여기에 적어 보냅니다.

2016. 6 .16. pm 12:59.

강아지 풀

냇가에서 개헤엄 치다가
엉금엉금 기어 나오고
뙤약볕에 달아오른 모래밭
발바닥 따갑게 지져댈 때
고무신 물에 띄워 뱃놀이하고
여울에 조약돌로 제비치기 했었지

여기저기 달라붙은 모래알 털어내고
까까머리 들이밀며 런닝구 입고
이쪽저쪽 발 디밀어 반바지 입고
잠자리채 울러메고 돌아갈 때에
강아지풀 댓 개 뽑아 넌 줄거리며
집으로 갔지

슬며시 동생 목에 강아지풀 간지르고
윗입술에 얹어서 수염도 만들고
손아귀 옴 작이며 갖고 놀았지
달빛 아래 고즈넉한 평화와 같은
포근한 감촉으로 편안했던 마음
강아지풀은 멍멍 짖을 줄도 모르지

추신
홍규 씨의 강아지풀 그림을 보니
천진난만했던 어린 시절이 생각나
추억여행을 했네요!
홍규 씨도 함께 추억여행으로 평안한 시간 되기를 바래요!

2012. 6. 16. pm 02:42.

박선배님. 안녕하십니까. 보내주신 여행스케치를 소중하게 읽고 한동안
흰벽만 바라보고 앉아있었습니다. 너무나 생생하고 신록을 한껏 머금은 숲의
뻐꾹울고 새로운 사람들과도, 저도 빛나는 기쁨이 있습니다. 감사합니다.
오늘 문뜩 쇠창살아래 흙바닥을 보았더니 원추리 꽃이 피어. 아침에는
밤새 수줍은듯 다물었던 꽃망울을 해가 뜨니 서서히 펼치는 것을 보았습
한낱 식물도 해가 뜨니 새로운 하루가 시작된다는 걸 알고, 활짝 꽃을 예
건강히 살아야 겠지요. 선배님도 더위에 부디 몸 잘 챙기시고 — 또 뵙겠습
고맙습니다. 2012. 6. 17. 서울구치소에서 민홍규 드립니

홍규 씨!

하늘은 언제나 올려다보아도 평화롭게만 보이네요!

먹구름은 하늘과 관계없이 사람들의 마음을 불안하게 만드는데 둥근 해와 달과 별이 있는 하늘은 밝으나 어두우나 사람들의 영혼을 평안하게 하고 아름답게 하여 그 안에 동화의 세계도 펼쳐놓으니 하늘 같은 마음이 바로 그런 것이라 생각합니다.

홍규 씨!

어제(17일) 대전 국립현충원에서 시화전과 함께하는 대한문협 행사에 다녀왔네요! 강남고속버스터미널에 가는 버스 안에서 차창 밖을 보면서 지나는 명동은 일요일 임에도 많은 사람들이 삶의 터전으로 가는 발걸음이 바쁘게 움직이고 남산 터널을 지나 한강을 건너는 다리 위에서 내려다보이는 강물은 한가하게 흐르기만 하는데 강물 위에 떠 있는 둥둥 섬은 저 홀로 외롭게 있으니 측은해 보이네요! 터미널에 도착해서 오전 10시 30분 출발 고속버스에 올라 유성으로 가는 버스 안은 참 신경이 많이 쓰였어요! 시(詩)집을 꺼내 들고 푹 빠져서 읽은 지 10분 정도 되었는데 앞좌석의 두 아주머니들이 어찌나 큰소리로 대화를 하는지... 그래도 인내하며 20분 정도 읽다가 더 참지 못하고 차라리 아주머니들 이야기를 엿듣는 게 괴롭지 않을 것 같아 시집을 덮었죠!

A: "걔는 어쩜 그럴 수 있니?"

"저녁 먹자고 해서 만났는데 나보고 밥값을 내라는 거야"

"그래서 속이 상해도 내가 계산을 하고 같이 나오는데 어디 가서 차 한 잔 하고 가자길래 지가 사는 줄 알고 근처 찻집으로 갔어."

B: “그래서?”

A: “그런데 이번에도 나에게 찻값을 내라는 거야!”

B: “어머! 무슨 그런 경우가 있니?!”

A: “그래서 이번에도 내가 찻값을 주고 나와서 돌아오는데 바가지 쓴 것 같아 화가 나지 뭐니!”

B: “화가 나지, 지가 먹자고 했으면 지가 내야지 찻값까지 날 두껍게 너보고 내라고 하니?!”

...... ㅎㅎ 서부터 집안 흉보고 동네사람 흉보며 재미있다고 맞장구치고 그러다 배고픈지 이야기 메뉴가 먹는 음식으로 바뀌어 어디에 있는 불갈빗집, 횟집, 산채나물집... 이 끝나는가 싶더니 이번에는 매실을 이렇게 담그고 게장은 이렇게 담그니 그렇게 하라며 이야기가 끝나면 한 친구가 또 복분자주 만드는 거부터 인삼, 더덕, 머루, 앵두... 이렇게 술 담그는 이야기로 끝을 내니 유성에 도착해서는 완 존 취해서 내렸어요! ~ㅎ

머릿속이 어찌나 어수선하고 어지럽던지 중간에 기사가 제지도 했는데 그때뿐이었어요. 에구~ 위대한 아주머니들... 유성터미널 뒤쪽으로 가서 점심으로 짜장면(3,500원)을 먹고 시내버스 정거장에서 102번 버스(유성 시외버스터미널 옆에 위치)를 타고 국립현충원에 도착한 시간이 오후 1시 20분이 되더군요. 현충원을 들어서서 직선거리로 500m정도 위치한 좌측편에 7m정도의 폭으로 된 길 양쪽으로 시화가 이젤에 얹혀있었고 시화 뒤쪽으로 전투기, 탱크, 장갑차... 등등의 무기가 전시되어 있는데 70~80m정도의 거리였고, 서너 계단 위로 올라서면 건물이 있는데 영상관이었어요. 영상관에서 행사하고 현충원 밖 우측으로 200m정도에 위치한 첫 번째 음식점에서 불고기 전골과 돌솥 밥으로 저녁식사를 끝내니 오후 5시 20분이 되더군요. 여러 시인님들과 석별의 정을 나누고 대전에 거주하시는 시인님의 차에 올라 유성고속버스터미널에서 오후 5시 30분 서울행 고속버스로 돌아왔네요. 차 안에서 에어컨 바람을 많이 쐬어 그런지 온몸이 뻑적지근하네요. 머리도 아프구...

홍규 씨!
대전국립현충원에서 하나하나의 묘비들이 눈부시게 빛이 나는데, 눈부시게 빛나는 청춘의 산화가 마음이 저려 목이 메었네요! 평화의 값이 얼마나 되는지, 그 아픔의 무게가 얼마나 되는지, 그 분노의 높이가 얼마나 되는지, 그 측은지심을 안다면 어찌 전쟁이 있을 수 있으랴!

욕심으로 무너지는 평화! 이제는 제발 없기를...

홍규 씨!
평안하고 아름다운 마음의 평화를 기원합니다.

2012. 6. 18. pm 19:06
박병대 書

박선배님. 편지글 받았습니다. 건강은 어떠십니까. 건강하신 모습으로
여정을 맞이하시리라 믿고 저도 글을 따라 함께 동참을 하며, 눈을 감고
분주히 가시는 그곳으로 마음을 맡겨 봅니다. 문협의 시화전도 잘 끝나셨겠지요
'사랑으로' '한줌의 흙' '부모님' 그리고 '강아지풀' 등의 시는 정말 주옥같고 감옥
생활에 단비를 주는 것 같아 환한 마음으로 환희를 맛는 느낌입니다.
"강아지풀은 — 짖을줄도 모르지"는 정말 그림한 감동이었습니다. 또한 시골아낙
잡담도 재미있었습니다. 그런것이 모두 사는 맛이 아니겠습니까. 선배님의 맑은
정신과 고귀한 안목이 전해오는 것 같아. 선배님의 시첩과 서찰을 받고 또
하루하루를 근근히 보내고 있습니다. 요즘에는 원추리꽃이 지고나니 그라
그림처럼 생긴 꽃이 피었네요. 꽃잎이 아주 노랗고 수술은 검어서 인상적입니다
감옥 철장 담장아래 핀 꽃을 그려보았습니다. 선배님의 부단한 행로에 좋은 일만
깃드시길 빌면서. 짧은 편지를 줄입니다. 서울구치소 제2병동에서 민홍규

홍규 씨!

답신을 받고 하루하루 서신을 미루다 보니 벌써 한 달이 지나도록 격조했네요!

참으로 게으른 제가 송구하기만 합니다. 습도 높은 장마에 무탈하고 건강하신지요? 지난 4월부터 월·수요일에 문화 복지센터에서 강의하는 컴퓨터교육을 무료로 수강하고 있는데 이번 주에 종강이 되거든요! 타자도 더듬거리고 순간순간 들어가는 길을 놓치니 답답하기도 하고 쇠퇴한 기억력과 순발력도 한 몫을 거드니 늙어가는 제 모습이 참 처량하게만 느껴지네요! 그래도 컴퓨터 실력이 쪼끔 늘었으니 그나마 위로가 되네요. 7월에는 동대문 문화역사공원역에서 시화전을 1일부터 30일까지 전시하는데 아주머니께서 구경하고 가셨다는 소식을 누님이 문자로 알려주어 고맙고 감사했습니다. 경기지회 모임이 7일에 있었고 14일에는 친구 딸의 결혼식 오늘(15일)은 초등동창 어머님 임종으로 문상 다녀왔네요! 돌아오는 21일에는 문협 시인님 시집 출간 기념회에 참여하러 가게 되니 이런저런 일들이 꼬리를 무네요. 8월에는 시화가 천안 독립기념관으로 옮겨져 20일간 전시하고 시화를 수령하러 가게 되는데 모 기관에서 기증제의가 들어와 그냥 기증할 생각도 해보고 있네요. 걸핏하면 밖으로 나가고 집에서는 책상차지만 하고 있다 보니 안식구와의 대화가 허구한날 서너 마디로 끝나니 이 또한 못할 짓인줄 뻔히 알면서도 개선이 되지 않는 그런 세월을 살고 있네요. 내일 또 컴퓨터 강의가 있는데 숙제를 못했어요! 그래도 선생님이 손바닥을 때리지 않아요! 참 좋은 선생님이죠?~ㅎ

홍규 씨!

이번에 주신 꽃은 이름이 가물가물하네요. 인터넷으로 검색해서 다음 서신에 알려드릴게요. 철망 쳐진 담장이 너무 마음 아프네요! 부잣집의 담장에도 있었던 모양으로 인간상실의 현실에 많은 시인들이 아픈 마음으로 글을 쓰기도 했었죠! 모든 것으로부터 단절시키는 우리 민족의 분단도 상기되고 이산가족들의 한 맺힌 절규도 들리는 것 같은 담장과 철조망! 마음에 들어앉은 납덩이 같아요!

홍규 씨!

하루하루의 희망이 다가오는 기쁘고 즐거운 소리를 듣고 있는지요?! 손꼽아 기다리는 홍규 씨의 자유가 너울너울 춤을 추며 오고 있어요! 사랑하는 가족과 형제와 친지들 포옹하는 날이 오고 있어요! 건강하게 굳은 의지로 힘내서 이겨내기를 바래요!

2012. 7. 15. pm 10:40

박병대 書

씨알들아

작은 씨알 하나
어느 뫼 바람타고 놀다가
훨훨 날아와 노래하며
철조망 담장 밑 검은 흙 끌어안고
곧은 뿌리 내렸나

약초로 대물림하는
모든 씨알들아
어서어서 오거라
훨훨 노래하며 우레같이
밤 도깨비 물리치며 오거라

푸른 잎 파들파들 밀어 올리고
아름다운 얼굴로 꽃피워서
염려마라 걱정마라 다독이며
열매까지 보시하는 활인의 자비
용담초, 만병초, 민들레도 오거라

골방에 주저앉아
쇠창살 너머 푸르름
찬란한 빛 그리워하는
동천애인(同天愛人) 멍든 가슴에도
어서 오거라 씨알들아

朴 선배님.

폭염이 감옥벽을 녹여내리고 쇠창살조차 엿가락처럼 휘어내는 요즘. 숨쉬고 있는 것조차 힘이 드는 옥살이지만 오늘도 저는 내 길을 갑니다. 바쁘게 늘 일상을 접하시고 좋은 역작을 작업해내시는 선배님을 보면서 그 열정이 오히려 폭염조차도 태워버릴 듯한 늠름 기상을 느낍니다. 여러모로 부족한 저를 잊지 않고 대하여 일일히 선배님의 나날을 표현해주시면서 우리가 사는 이유를 풀어내어 비록 영어의 몸이지만 — 즐거움과 자유를 대리로 느끼도록 하였지만 사실적이라 제가 여행을 하는 것 같습니다. 너무나 고맙습니다. 마치 영화나 드라마를 보는 것 같습니다. 저의 집식구가 전시장에도 갔다고 들으니 그나마 마음이 시원합니다.

선배님. 감옥창살 밖으로 한낮의 더위가 조금 느슨할 밤에는 귀뚜리가 점차 가까워지는 소리도 가끔 듣고있는 삼복더위입니다. 올 여름은 초롱한 꽃망울 그림처럼 싱그런 새랑을 또 하나씩 귀한 시로 세워가는 날들이 되어주시길 앙망합니다. 참 열정이 있으신 선배님의 옥고를 보면서 가슴깊이 고마움과 감사를 드리고 싶습니다. 또 연락드리겠습니다.

홍규 씨!

무더운 날씨에 건강하게 지내는지요?

실내 온도도 30℃에서 붙박여 있으니 온몸이 화끈거리고 땀도 끈적끈적 하니 그렇게 더운 열기 속에서 세월을 갑니다. 전력수급이 비상이라는 뉴스가 연일 나오다 보니 애국하는 마음으로 에어컨을 켜지 않고 모든 창문 활짝 열고 선풍기만 돌려대고 있습니다. 그래도 홍규 씨의 어려움만 하겠습니까?

홍규 씨!

홍규 씨가 그려 보낸 꽃그림이 인터넷 검색을 해도 아직 찾지를 못했네요!

검색하는 능력이 탁월하지 못하다 보니 지금까지 헤매고 있네요! ~ㅎ 날씨가 너무 뜨겁다 보니 일주일간 집에 콕 박혀있는 중이랍니다. 밖에 나갈 엄두가 나질 않네요. 앞으로 한 20일 정도 뜨겁다고 하니 하늘의 뜨거운 사랑으로 지내야 할 생각을 하니 행복하다고 해야 옳은 건지 모르겠어요?!

홍규 씨!

참으로 세상은 답답하고 암담하게만 가고 있는 현실에서 대다수의 사람들이 숨죽이고 생활하는 모습이 참으로 처연하기만 합니다. 세계의 경제도 허우적거리고 국내의 경기도 침체된 지가 꽤 되었는데 살아날 기미가 전혀 보이지 않네요! 서민경제의 모든 업종이 포화상태가 되어 경기마저 없는 실정이다 보니 사람들의 표정이 굳어서 긴장된 모습들입니다. 철모르는 순진한 어린아이들만 천진한 웃음으로 거리를 다닐 뿐 기성세대의 웃음은 사라지고 암담한 현실만 존재하는 세상이 되었네요.

홍규 씨!
어둡고 무거운 이야기만 하여 미안하네요! 질곡의 세월에서 모든 사람들이 벗어나는 그날이 어서어서 도래하기를 간절히 기원하면서 홍규 씨의 건강과 평화를 두 손 모아 기원합니다.

2012. 7. 27. am 11:23.
박병대 書

뜨겁게 사는 게 싫어

사람들이 뜨겁게 사나 보다
온몸이 화끈거리고
원숭이 얼굴이 됐다
태양에 달구어져 뜨거운 나는
뜨겁게 사는 게 싫어, 너무 싫어
너무너무 뜨거워 정신도 혼비하여
냉커피를 만든다
밝은 유리컵에 커피와 설탕
뜨거운 물 조금 넣고 티스푼으로
가열 차게 홱홱 동그라미를 그린다

왈그락잘그락왈그락잘그락
녹기 싫어, 녹는 게 싫어, 싫어
얼음이 반항하고 항거하며
녹는다. 작게작게 녹으며
숨넘어가는 소리를 낸다
왈랑잘랑왈랑잘랑
잘그랑잘그랑잘그랑잘그랑
잘랑잘랑잘랑잘랑
반항과 항거에 손을 멈추고
얼음은 다 녹지 않았고
나는 냉커피를 마신다
식도가 써늘하고
가슴이 써늘하고
온몸이 써늘하다 나는
뜨겁게 사는 게 싫어

추신
홍규 씨, 시원한 냉커피 같이하고 싶네요!
얼음덩이 우둑우둑 씹어가며 같이 웃고 싶네요!

朴 선배님.
런던 올림픽이 언론에 부산한 것 같습니다. 위정자들은 이 뉴스를 얼마나 잘 이용할까요. 중요 이슈는 이 때 슬쩍 감추겠지요.
요즘 날씨 때문에 집에 계시며 몸관리나 해보세요. 이곳은 살인적 찜통더위 덕에 픽픽 사람들이 쓰러지고 합니다. 사회에서는 경제가 어려우니 얼마나 서민들이 힘이 들까요. 안타깝습니다.
서민들은 이 폭염에 더욱 더 더워지겠지요. 보내주신 시를 읽으며 넘치게 생각이 절로나네요.
절절한 폭염의 일그러짐을 떨치며 기분좋게 한잔 마신 것 같아 너무도 좋았습니다. 그냥 이 더위 가실 때까지 쉬셨다가 나들이를 하십시요. 잘그랑 잘그랑. 짤랑 잘랑 소리가 예까지 들려오는 듯 싶어 창밖에 먼 하늘을 바라봅니다. 선배님. 덕분에 피서 잘합니다. 고맙습니다

서울 구치소에서 민 홍규 보냄.

홍규 씨!

뜨거운 날씨로 실내에서도 화상을 입었는지 온몸이 화끈거리네요!
열악한 환경에서 홍규 씨도 화끈거리는 몸과 마음으로 고군분투하고 있는 것을 생각하면 눈물이 절로 나네요! 스스로 위안을 찾으며 방황하는 홍규 씨의 아름다운 혼을 끝까지 지켜내기를 안타까운 마음으로 기원하며 향하나 지핍니다.

올림픽!
아테네의 그 정신이 말살된 지 오래이거늘 조삼모사의 썩은 내 나는 짓거리를 숭고한 정신으로 도배질하는 마당에서 뜨거운 열정으로 흘린 역량이 금메달, 은메달, 동메달! 잘못된 심판의 판정을 인정하면서도 그 판정을 번복할 수 없다는 해괴망측한 말을 하고 통한의 눈물을 흘려야 하는 선수의 심정이야 어디 살펴주는 일 또한 있겠습니까? 1초의 시간이 길다는 것도 신아람 양의 펜싱경기로 알았네요!

홍규 씨
입추를 지나며 그나마 누그러진 더위가 고맙기만 합니다. 어제는 양평에 거주하시는 시인님을 찾아뵈었습니다. 시원하게 내리는 비로 인하여 싱그러운 바람이 가득한 가운데 오랜만에 우산을 펼치고 버스에 올라 청량리역에서 용문행 전철을 탔지요! 일요일이라서 그런지 배낭을 둘러맨 등산객들이 비오는 와중에도 산을 찾아 떠나는 사람들! 세속을 벗어나 자연에 귀의하는 시간은 너무도 아름답게 보이네요! 양평역에 도착하여 시간을 보니 두 시간 정도 걸리네요. 마중 나오신 시인님과 반갑게 손을 잡고 시인님 댁으로 갔지요. 올해 73세이

신데 빈주먹으로 13식구를 아우르며 생활하신 내력을 들으니 작은 어려움에도 앙탈을 했던 내 자신이 부끄럽기만 했네요! 정치, 경제, 사회, 교육, 예술의 이야기로 폭넓은 대화와 함께 우려도 하고 희망도 하면서 지니고 간 단소를 꺼내어 몇 곡 불어드렸죠! 한오백년, 정선아리랑, 진도아리랑, 뱃노래 그리곤 인생을 지혜롭게 살기 위해서는 참아야 한다는 시인님의 교훈을 듣고 밖으로 나와 소머리 국밥으로 점심을 했네요. 비가 오는 바람에 다른 곳은 가지 못하고 다시 시인님 댁으로 가서 우리 문협 이야기를 나누고 집에 오니 오후 5시 20분이 되었네요.

홍규 씨

굳세게 이겨내고 굳세게 일어서서 남은 여생 일생의 아름다운 의미를 완성하도록 합시다. 굳건한 의지로 마음의 평화를 이루고 순리에 순응하며 자연의 섭리를 아름답게 펼치며, 참된 세상을 지향하며 최선을 다할 때 그 의미는 더욱 아름다울 것입니다. 번민과 방황 속에서 50%의 선택을 해가며 성공과 실패를 가늠하고 울고 웃는 것이 사람의 삶 일진데 끝없는 욕심으로 하여 잠 못 이루는 많은 사람들을 봅니다.

홍규 씨!

참과 선과 아름다움을 위하여 잠 못 이루는 밤이 되어야 하셨죠! 슬픔을 위해서 밤이 있는 것은 결코 아닐 것입니다. 밤은 깊이가 없는데도 사람들은 깊은 밤을 이야기합니다. 슬픔을 더욱 슬프게 하는 수작을 부립니다. 우리는 기쁨을 더욱 기쁘게 하는 수작을 부려야 합니다. 많은 사람의 행복을 위해서 우리는 아파야 합니다. 홍규 씨의 건강과 마음의 평화를 기원하며 굳세게 일어서는 의지가 꺾이지 않는 홍규 씨이기를 믿으며 이만 줄입니다.

2012. 8. 13. pm 21:10
박병대 書

朴 선배님.

어느덧 더위가 귀뚜라미에 쫓겨 조석으로 서늘한 날씨가 느껴집니다. 힘든 하루가 지나면 또 같은 날이 오리만 내일이면 더 좋아지는 시간들로 엮어지길 빌면서 또 하루의 저녁을 맞이합니다. 그동안 건강하셨습니까.
그동안 항소재판선고를 받았고 무죄 받은것에 대해 검찰이 부대상고라 하여 이의를 제기했습니다. 참 지난한 세월을 보내면서 죄가 없으니 무죄가 났음에도 검찰의 무능함을 항변하듯 대법에 상고를 했습니다 이제 서서히 MB정권의 그늘에서 재판이 제대로 되는 것 같습니다. 선배님. 많은 지인들을 찾아다니시며 세상을 논하는 그 모습이 정말 아름답습니다. 양평에 계시는 시인과의 대담을 들으니 풍류마저 느껴집니다.
선배님의 말씀대로 여럿의 행복을 위하여 우리가 아파야 하는 날들이 있어야 하는가요. 홍역이란 순리이겠지요.
좋은 말씀, 너그러운 조언. 감사히 받고 있습니다. 감사드립니다

2012. 9. 12. 민홍규 드림.

홍규 씨!

바쁘게 지내다 보니 격조했네요!

무탈하게 지내고 계시는지 궁금하고 마음도 평안한지 생각하면서 가을을 맞이하고 있네요. 일전에 주안에서 문협 시인의 시집출판기념회에 참석차 가는 길에 누님에게 들러 많은 이야기를 했네요. 매형도 뵈어서 인사드렸지요. 홍규 씨를 사랑하는 누님의 절절한 마음을 어찌 말로 다 할 수 있나요? 홍규 씨도 사랑 가득한 마음으로 형제와 가족을 향한 따뜻한 심사로 마음의 평화와 함께 굳은 의지로 힘내시고 이겨내시기를 바랍니다. 오는 16일에 전국 시인대회가 있는데 상을 받을 수 있을는지 은근히 기대도 해봅니다. 가을은 독서의 계절이라기에 홍규 씨에게 편하게 읽을 만한 단편소설을 보냅니다. 학창시절에 감명 깊게 읽었던 어니스트 헤밍웨이의 노인과 바다인데 홍규 씨도 읽었을 것입니다. 다시 읽으며 새로운 감명을 또 받아봅니다. 꽃 이름은 아직도 못 찾았네요. 하지만 언젠가는 기필코 찾아낼 것입니다. 나날이 평안해 지기를 기원하면서 가을로 들어선 계절에 홍규 씨의 건강을 함께 기원합니다. 희망으로 뜨는 별무리가 홍규 씨에게 가득하기를 바랍니다.

2012. 9. 14. pm 3:12
박병대 書

박선배님

오늘은 가을의 정취가 문뜩 느껴지는 새벽을 맞았습니다.
올해도 작년, 재작년과 같이 또 뜨거운 여름을 보내었습니다
지나고 보면 지난 날인것을 왜그리 두렵고 무겁게 나날을
지내왔는지 오히려 고통의 날들이 그립습니다.
또 거쳐야 할 차가운 겨울을 차가운 창살안에서 버텨내야
겠지요. 이 감옥의 벌레들 잡아 창밖으로 놓아주며 이곳엔
다시 오지 말라고 슬쩍 풀어줍니다. 더 따스한 세계에 가서
지내라고 놓아 줍니다. 오늘도 새벽달을 보며 찬목욕을
하고서 노트를 펴고 오늘의 작업을 시작합니다. 그리고 선배
께서 보내주신 노인과 바다로 나가봅니다. 의미심장한
뜻을 다시금 살펴봅니다. 감사합니다. 잘 읽겠습니다.
늘 정성으로 힘 기울여 주시어 은혜를 받았습니다. 환절기에 건강 챙기
십시오. 다시 또 연락드리겠습니다. 2012. 9. 24. 민홍규

홍규 씨!

가을 하늘이 푸르고 높기만 합니다.

이번에도 홍규 씨의 서신을 받고 게으른 소치로 인해 이제야 답신을 쓰네요. 다가오는 추위가 염려스럽고 찾아든 벌레를 놓아주며 생명과 자유를 사랑하는 홍규 씨의 따뜻한 마음이 전해져 오네요! 누구에게나 시련은 있다. 하지만 영어(囹圄)의 시련은 영혼까지 피폐해지는 것을 어찌 안타깝다 하지 않을 수 있겠습니까? 영혼을 건강하게 지켜가며 아울러 육체의 건강 또한 무탈하게 지켜 나가기를 바랍니다. 아침저녁으로 쌀쌀한 날씨에 군불지핀 따뜻한 아랫목이 그리워지기도 하네요.

단편소설 노인과 바다에서 노인의 곁에서 오랫동안 고기를 잡지 못하고 있음에도 우정과 존경과 무한의 신뢰를 보여주는 마놀린의 절대적이고 무조건적인 신뢰의 마음이 아름답기만 합니다! "최고의 어부는 당신이잖아요"라는 마놀린의 말에서 노인은 절대적인 무한신뢰의 믿음에 많은 용기가 났을 거예요. 나를 믿어주는 사람이 있다는 것은 또한 나에게 시련을 이겨나갈 수 있다는 용기가 나고 희망도 더욱 커지리라고 믿습니다.

"홍규 씨는 최고의 예술가이잖아요"

홍규 씨!

9월 16일에 국회의사당 헌정기념관에서 전국시인대회 행사에 참여해서 겨우 턱걸이로 장려상을 받았네요. 최소한 은상 정도는 기대했는데 ㅎㅎ, 욕심이었나 봐요!

지난 한글날에는 안식구와 함께 대둔산 청림골에 있는 대통령께서 다녀가신 집이라는 현수막을 걸어놓은 다마실 이라는 카페에 다녀왔었죠. 무궁화기차를 타고 대전역에서 내려 안영동 농수산물 유통센터에서 점심을 먹고 걸어갔어요. 중간에 버스도 한 번 이용했죠. 2차선 도로에 차만 다니는 길 20km를 걸었어요. 70년대 즐겨듣던 POP을 들으며 칼국수를 먹었네요. 근처에 거주하시는 시인님을 만났는데 돌아오는 차시간이 촉박하여 몇 마디 말만하고 시인님 배웅으로 버스 타는 곳에서 작별했답니다. 제 생애에 가장 짧은 만남... ㅎㅎ

안식구와 나는 발에 물집이 잡히고 단 잠을 잤네요. 기회가 되면 홍규 씨와 함께 그곳에서 칼국수 함께하고 싶네요!

요즘에는 TV에서 시원하게 가려운 등 긁어주는 소리를 듣고 있네요. 대선후보 셋이서 가는 곳마다 해결해주고 마련해준다니 참, 말만 들어도 행복한 세상이 된 것 같아요.

홍규 씨!

시간을 잊고 예술에 미쳐서 푹 빠지면 행복할 것 같네요! 차근차근 계획도 세워가며 함께하는 분들 격려도 하면서, 마음의 평화도 이루어 가면서, 얼마 남지 않은 시간 무탈하게 지내기를 기원합니다.

2012. 10. 15. pm 03:15

박병대 書

왕모래 길

가로목 놓여진 오솔길
우거진 숲 사이를 걷는다
산등성이로 오르는
숲 물결이 출렁대고
가로 목에 갇힌 왕모래는
내딛는 자국마다
물 끓는 소리로 운다

갇혀본 사람은 알지
흐르고 싶어 침묵으로 품고 있는
간절한 소망을
가로목 넘어갈 찰 라의 순간을
예리한 촉각으로 노리고 있음을
흐르는 자유가 소중한 것을

인도에 들어서 보도블록 밟는데
물 끓는 소리가 들린다
침묵이 들린다
걷는 발에 매달려 우는
흐르고 싶은 소리가 들린다

들리는가…
2012. 10. 25
박 홍규

박선배님. 안녕하세요.

노인과 바다처럼 믿어주는 사람이 있다는 것이 얼마나 삶을 푸르게 하는지 더욱
실감합니다. 선배님처럼 많은 여유와 삶을 희망으로 이끌어 주시는 분이 계시다
것을 너무나도 행복한 사람이라고 스스로 외쳐봅니다. 시인대회에서 수상을 축하드
정말 대단한 예술성에 찬사를 보냅니다. 또 대둔산 여행도 즐거우셨겠습니다. 그곳에
칼국수 먹을 날을 기대하겠습니다. 특히 "왕모래길"의 시는 지금의 내 처지 같아서
가슴이 찡합니다. 길이 간직하겠습니다. 베르디의 오페라도 생각납니다. 선배님의
자유가 소중한 것을 배웁니다. 느낍니다. 저는 위로해주셔서 하늘이 이제 푸르게 보입니

홍규 씨!

무탈하고 마음 평안하게 지내시는지요?

먹장구름이 삼 일째 뒤덮고 오다말다 하는 빗줄기를 봅니다. 추워진 날씨에 오금 저리게 앉아서 고난을 이겨내고 있는 홍규 씨를 생각하며 마음에도 내려앉는 먹장구름에 그래도 용기를 내어 봅니다. 추적추적 내리는 차가운 빗줄기가 어디 빗줄기이겠습니까? 눈과 마음에서 흐르는 눈물줄기로, 패인 골을 가득 메우며 흐르는 한탄의 한 숨과 뒤섞여 흐르는 눈물이겠지요! 홍규 씨의 서신에 입을 맞추고 소식을 접하는 마음이 기쁘기도 하면서 서글픔으로 남는 여운은 생명과 자유에 대한 목마른 향수가 홍규 씨에게 아직 도달되지 않은 사실에 대한 안타까움의 발로이기 때문 일 것입니다. 추운 사람끼리 서로 다독이며 눈물 흘릴 수밖에 없는 현실이 언제쯤 환한 웃음의 현실로 돌아올지 막연한 생각으로 그날을 기다려봅니다.

홍규 씨!

미천한 저의 글로나마 행복하고 푸른 하늘이 보인다니 너무도 고맙고 감사합니다. 홍규 씨는 클래식 음악도 좋아하나 봅니다. 순수한 사랑에 대한 비극적인 결말로 끝나는 베르디의 오페라는 사람들로부터 아련한 마음을 갖게 하는 것이 감동으로 다가오며 안타까운 마음을 불러일으키지요. 중세의 유럽 사람들은 사랑이 비극으로 끝나는 이야기들을 좋아했었나 봅니다. 우리나라에서도 홍도야 울지 마라, 이수일과 심순애, 검사와 여선생 등등의 소설도 비극인데 많은 사람들이 독서와 연극과 영화로 보면서 측은지심의 눈물을 흘리기도 했었죠!

홍규 씨!

대둔산 자락의 카페에서 함께 칼국수 먹을 날을 기대한다니 반갑고 그 행복한 자리가 빨리 오기를 바래봅니다. 지난 3일에는 시인님과 함께 북한산 등산을 하면서 끝나가는 단풍을 보면서 점심을 먹고 동묘 앞에 있는 값싼 중국집에서 저녁을 먹고 막걸리와 과자(꿀 꽈배기, 짱구)를 마트에서 사갖고 낙산으로 가서 한 잔 걸치고 대학로 카페에서 커피 한잔하고 동대문까지 걸어가 지하철역에서 헤어졌네요. 허벅지와 종아리에 알이 배겨 아직도 풀리지 않아 그 통증으로 앉고 설 때마다 에구 소리가 절로 나며 우스꽝스런 몸짓이 되네요.

홍규 씨!

추워진 계절에 부디 건강에 유의하시고 모든 것들이 얼어붙는다 해도 따뜻한 사랑을 잊지 말고 지켜가면서 마음의 고요한 평화가 홍규 씨에게 있기를 기도합니다. 더해지는 시련의 계절도 결코 홍규 씨를 이기지 못할 것이라는 믿음으로 따뜻한 날이 오기를 기다리며 이만 줄입니다.

2012. 11. 6. pm 17:40

박병대 書

박선배님.
보내주신 서신을
는 순간 너무나
랐습니다.
내 도산과 락이 한껏
차가운 감옥안으로
아갔기 때문입니다.
을에 맴돌아린
유와 노오란 듯
구워진 단풍이
소한리 풍성함으로
리오애를 쓰며
곳까지 달려왔다는
鬼想으로 두려움에
겹이였습니다.

한번 놀랐습니다.
배님 친구분들과
하시며 다리가
프도록 걸으며
기를 나누면서
나가는 가을을 잎이 끝에 보내주신
마음에 이곳이 옥중인지 사는 곳인지
늘 스스로 무색케 합니다. 잘 간직하고 있습니다.

낙엽 밟으며 - .
손꼽아 가는 세월.
2012. 11. 23
민홍규.

늘 저는 눈이 좋지않아 이 달에는 거의 치료받느라 소진했습니다.
중하는 것이 있었는데 핸수로 3건을 매일 새벽부터 밤까지 꼬박 하다보니
이 잘 안보이고 충혈도 되었습니다. 이 달에 끝나라 마자 터졌지요.
신 차도가 회효로 있는가 싶었는데. 하던 작업을 다시 재검토하기 시작하라마자
시 또 우환이 시작되었습니다. 이제는 밤에 의무실로 실려갔습니다.
양이 필요하다는데 옥중에 요양이란 요원한 노스탈자이지요. 선배님
분에 이렇게 쉬는 시간도 갖고 생각하는 여유도 모아봅니다. 활력이란
런 건가 봅니다. 감사합니다. 따뜻한 글과 세상사는 단맛을 보내주신
마음에 축순모아 봅니다. 이제 올해도 이 달이 가면 다음 12月로 끝이네요.
디 건강에 주의하시어 늘 기쁜날이 되십시오. 고맙습니다. 민홍규 드림

홍규 씨!

아픈 마음이 요동치는 밤에 망연히 하늘을 보니 까맣기만 하네요!

예술의 혼불이 일렁이는 열정이 까만 어둠을 몰아내는 집념은 기력을 쇠하여 열악한 환경 아래 시력마저 위험을 초래하고 있다니 어찌 해야 좋을지 암담하기만 하네요! 마음을 다스리며 평안하고 싶어도 상하는 육체의 아픔이 슬픔으로 비틀리는 자연의 섭리를 어찌 인위적으로 평안을 도모할 수 있겠는지요? 놀라운 마음으로 힘내라고 권유하는 것도 차마 못 할 짓인 것 같아 묵언의 안타까움만 상존하고 있는 밤입니다.

홍규 씨!

저는 믿고 있습니다.

하늘이 보살펴주신다는 것을!

하시는 작업도 이제는 밀쳐두어야 할 것 같네요!

시력이 손상되는 일이 없어야 남은 여생 마지막 예술의 혼을 피우지 않겠습니까? 날씨마저 추워서 오그라드는 육신에 마음마저 오그라드는 일만은 없어야 할 텐데 하는 생각으로 이심전심의 묵언만 드리고 있네요!

홍규 씨!

안식구와 함께 예식장 가는 길에 버스를 탔어요. 이순구 화백님의 그림이 보여 웃었어요! 홍규님과 함께 웃고 싶어 기억을 더듬으며 그렸어요. 다 그리고 나니 많은 님들과 함께 웃고 싶어 복사를 했네요.

홍규님이 흉보실 것 같아 부끄럽지만 홍규님의 웃음을 위해서 용기 내어 동봉합니다. 많이 웃고 많이 건강하시길 기원합니다!

2012. 12. 4. am 01:12

박병대 書

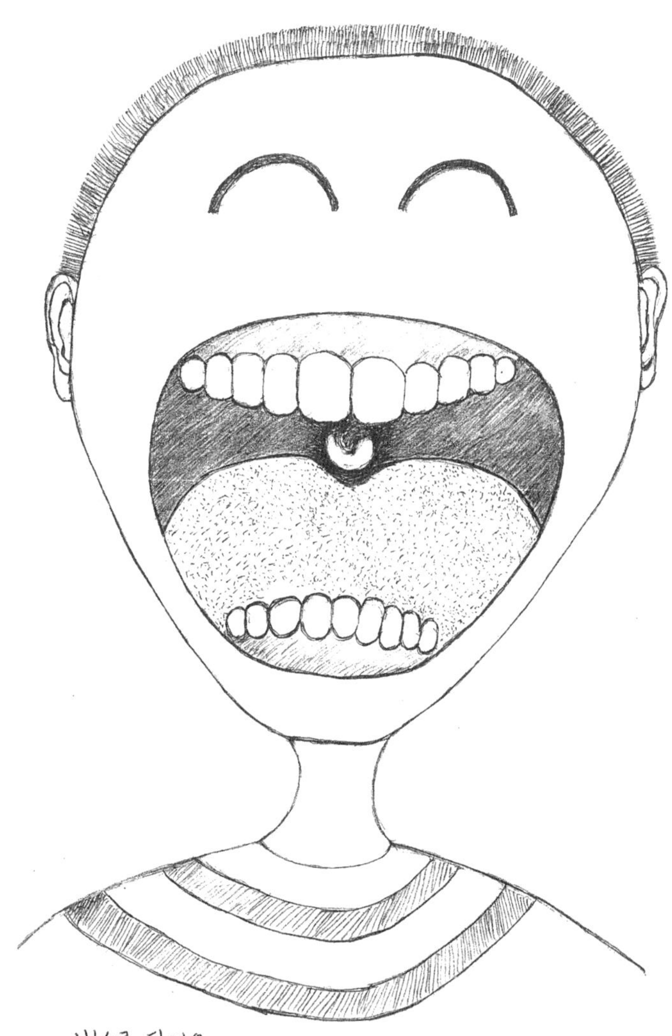

버스를 탔어요
이순구 화백님의 작품이 보였어요
와 하하 ~
많은 님들과 같이 웃고 싶었어요
기억을 더듬으며 그렸어요
같이 웃어요!

시인 박 병 대 절

새 한마리도 없어
적막한 감옥의 뒷산에서
저는 푸근한 오늘을
마주합니다.
선배님. 요즘저는
눈이 많이 좋지않아
중환자 병동 독방으로
옮겨져 지내고 있습니다.
자주, 쇠창살로 엮여
있지만 창을 열어보며
제가 이곳에 오기전에
지내던 지리산의 공기를
탐닉하려고 애를 씁니다.
눈덮인 산이, 치열했던
경찰, 검찰과의 수개월
동안 사투를 벌인 독기를
가라앉히라고 일러주는
것 같습니다.
선배님의 묵언의 안타
까움을 들으면서 그저
세상을 덮는 - 소리없는
눈꽃이 선배님의 시선
을 끌고 저에게 다가와
이젠. 쉬면서 가라고
속삭입니다.
선배님 고맙습니다.
가슴으로 보내주시는 글을 모두 담아낼 수는 없지만 잘간직하겠습니다.

선배님. 이승구 화백의 파안대소가 정말 조용한 감옥을 시끄럽
도록 출렁이는 것같고. 선배님의 그림에서 천진한 자연의 기운이
생기를 주어 너무나 놀라웠습니다. 저도 많이 웃었고, 볼때마다
웃음을 유발하니. 웃음전염병 바이러스를 보내신것 같습니다.
감사합니다. 늘 배려를 해주시니 말로설명이 안됩니다. 고맙습니다.
두손모아 연말 잘보내시기를 앙망합니다. 2012. 12. 15 민홍규 드림.

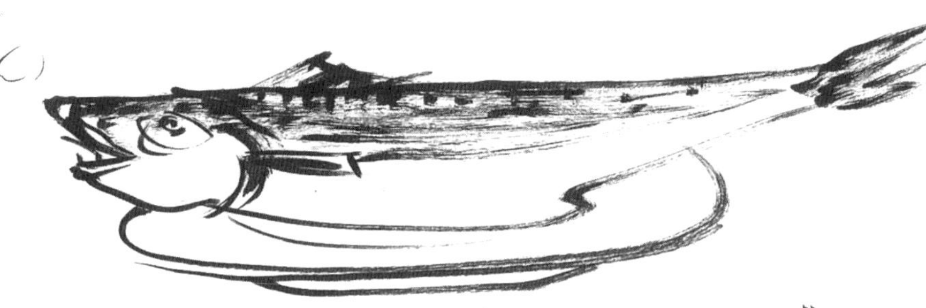

"내가 지금 어데있노".

한해를 잘보내시고
좋은 새해를 맞으소서
민 홍 圭.
MINHONGGYU
2012. 12. 15
서울 구치소에서 —.

홍규 씨!

맛없는 나이 한 살 먹었네요.

눈은 얼마나 차도가 있는지 아픈 육신의 고통 또한 나아지고 있는지 궁금하네요! 며칠 남지 않은 소한이 가까워 그런지 눈도 흔하게 오고 매서운 추위도 기승을 부리니 절로 웅크려 지내는 날을 보내고 있네요. 억울하고 분하여 솟아나는 분노가 하늘을 찌르고 한스러운 독기를 품고 지새는 나날들... 홍규님의 그러한 심사를 어찌 모르겠습니까? 성경에도 원수를 용서하라는 말이 그 의미가 크고 깊고 넓다는 것을 알았을 때 모든 독기가 빠져나가는 것을 느끼고 비로소 마음이 평안해 졌었지요! 분노는 나의 모든 것을 상하게 하니 용서하는 마음이 곧 나의 행복과 평안이 된다는 것을 알았네요!

홍규 씨!

속세의 분노는 용서를 통해서 벗어날 수 있으니 모든 분노의 대상을 용서하시고 마음의 평화를 이루시기를 바랍니다. 아직도 따뜻한 햇살은 저만큼에서 다가올 줄 모르고 삭풍은 뼛속으로 스며드는데 그래도 봄날은 있어 희망 품고 맞이하는 새해! 이 밝은 새해에 신의 가호로 평안하고 행복한 가운데 신의 은총과 축복이 홍규님께 임하시길 기원합니다.

새해 복 많이 받으시고 건강을 빕니다.

2013. 1:3. pm 03:44

박병대 書

박선배님.
고맙습니다.
서신을 받고 놀랐습니다.
「분노는 용서가 치유」
라는 말씀에 정말
생각을 많이 하게
됩니다.
제 일은 용서가
필요하겠지요.
우선 자신에 대한
용서부터 시작하겠
지만. 무엇보다
저를 힘들게 하는
것은 가족의 고통과
분노에 있습니다.
겉으로 표시는 없지
만 '할무라비
법전의 귀절이,
결코 동양적인
사고나 성경귀절
에만 놓기에는
시간이 걸려야
겠지요.
그렇지만 언론이나
위정자, 권력기관의
놀음에 우리는 이렇게
유린당하고만 살아야하나요.

알권리라고?
2013. 1. 9
민홍규

「정의가 없는 힘」은 폭력이지요. 전형적인 조공국(중국), 노예국(일본에) 출신
열등감 피해의식 컴플렉스가 살아있는 한 이 나라는 갑기죽감에서 쉽게
나리올 못할것 같습니다. 이 땅의 하늘이 푸른것은 국민의 가슴에 멍들어
그런것인가요. 저는 요즘 하늘을 보기가 미안해요. 땅을 보고 사람의 소중함
더욱 체감합니다. 선배님같은 분들이 계셔서 그래도 세상은 살맛나는군요.
늘 복축해주셔서 감사합니다. 구치소 병동에서 민홍규 드림

홍규 씨!

추운 날씨에 굳어진 관절의 우두둑 소리가 마음저린 시간들!

그것을 알면서도 평안을 권유하며 평안을 묻는 나의 저려오는 마음으로 홍규 씨의 서신을 읽고 또 읽고 거듭거듭 읽으며 홍규 씨와 한마음이 되어 갑니다. 생각할수록 슬픔만 깊어지고 아픔으로 누워 망연히 하늘만 봅니다. 회한의 세월이 누구에게나 있겠지만 모두가 가슴에 묻고 한 세상 가는 것을 예전에는 몰랐었지요! 상반된 모순의 이데올로기가 존재하는 세상에서 마음 놓고 맑은 공기 한 번 흠뻑 들이쉬지 못하고 도둑한숨 쉬어가며 내일을 걱정하며 사는 것이 서민의 애환이겠지요! 정의는 그렇다 치더라도 이제는 사랑마저 희석된 차가운 세상에서 진실된 마음마저 설 자리가 사라져 가는 비인간적인 병든 세상이 되어 그 골의 깊이가 더욱 깊어져 가는 참담한 세상에서 삭막한 세상 한 귀퉁이라도 데우고 싶어 글을 씁니다. 진실이 왜곡되어 알권리를 내세우며 가십 거리나 찾아다니는 사람들도 있고 부조리한 사회악을 척결하려는 정의감으로 어둠을 파헤치는 사람들도 있지요! 이러한 양상을 일컬어 더불어 사는 세상이라고 말하며 울고 웃고 하면서 살아가지만 힘없는 사람들이야 어디 웃을 틈이나 있겠습니까?

홍규 씨!

현실이 이러하니 분노로 고통받으며 괴롭게 살기보다는 용서로 분노를 덜어내며 마음과 영혼의 평안함을 찾는 것이 옳은 일이라고 생각을 합니다! 함무라비 법전에서 주장하는 이에는 이... 참으로 죄지은 자에게는 무자비한 형벌의 조항들이 너무도 많지요. 몰려든 사람들이 돌로 때려죽이기도 하고 부모가 자식을 죽이기도 하는 그런

잔인한 형벌의 집대성으로 이루어진 함무라비 법전은 끔찍하기만 합니다. 봉건주의 시대에도 그와 같은 형벌은 없었습니다.

홍규 씨!

홍규 씨의 말대로 정의가 없는 힘은 폭력입니다. 그러한 폭력이 곳곳에서 존재하며 강자에게 먹힘을 당하는 정글의 법칙이 인간이 멸망하지 않는 한 영구히 존속될 것입니다. 원망도 분노도 하소연도 모두 정글의 법칙 아래서는 무용지물이니 힘없는 사람들은 마음의 평안을 위해서 용서하는 일 밖에는 없을 것입니다. 작은 용기로 큰 용기를 휘두르는 것이 만용이듯이 분노도 만용이 되면 결국 나의 육신만 망가져 갑니다. 폐수가 끊임없이 쏟아져 나와도 맑은 물이 더 많기에 이길 수 있듯이 아무리 정글의 법칙이 존재해도 착한 사람이 더 많기에 세상이 돌아갑니다. 약소국이 강대국에게 휘둘리듯이 힘없는 사람들 휘둘리며 사는 게 슬픈 일이지요. 그래도 하늘은 달아나지 않고 있기에 그나마 하늘 보며 위안 받고 있는 것 아니겠습니까?! 정의롭고 의연하게 땅을 딛고 하늘 우러러 부끄럽지 않은 삶을 살아야겠지요!

홍규 씨!

홍규 씨도 가족이 받는 고통을 생각하며 힘들어하듯이 가족도 홍규 씨를 생각하며 힘들어 할 것입니다. 이 모두가 가족의 사랑이 있으므로 서로가 염려하고 걱정하는 것이니 힘들어 하기보다는 서로가 따뜻한 사랑으로 포근한 마음을 가져야 한다고 생각합니다. 서로가 건강을 빌면서 마음의 상처를 다독이며 따뜻한 위로와 감사의 말을 한다면 힘든 마음도 평안할 것입니다.

홍규 씨!

홍규 씨의 분노도 재물보다는 한순간에 의해 실추된 명예와 긍지와 자부심에 대한 상처에서 온다는 것을 알고 있습니다. 생각할수록 상식 밖의 일이라 더 아프다는 것을 알고 있습니다. 평생에 보람 있는 자랑스러운, 명예로운 일을 한다고 기쁜 마음으로 정성을 다해 혼신의 노력을 다하여 일 했다고 누님으로부터 이야기를 전해 들었습니다. 그러기에 현실을 받아들이고 용서하기가 더욱 힘들다는 것도 익히 이해합니다. 그럼에도 불구하고 용서하는 일 이외에는 달리 평안을 도모할 수 없기에 홍규 씨에게 마음을 비우고 용서하여 평안해 지기를 바라는 나의 마음을 전했습니다.

홍규 씨!

국가에도 간신이 있듯이 어찌 개인의 일에도 간신이 없을 수 있겠습니까? 먹구름이 해를 가리는 것은 잠시 일 뿐이지 영원하지 않습니다. 나보다 더 억울한 사람들도 부지기수로 많음을 생각하고 끓는 분노를 그만 멈추어 평안해 지기를 바랍니다. 모함에 의해서, 누명을 써서, 사기를 당해서, 느닷없이 죽임을 당해서... 생명을 잃고 재산을 뺏기고, 자식을 잃고 말년 단칸방 냉골에서 얼어 죽는 사람까지... 어찌 모두 다 열거할 수 있겠습니까?

홍규 씨!

대통령 임기가 끝나가며 따뜻한 사면으로 홍규 씨가 자유의 몸으로 돌아오기를 기원합니다. 악몽에서 깨어나 찬란한 빛과 더불어 맑은 공기 호흡하기를 간절한 마음으로 희망해 봅니다!

홍규 씨!

밝은 마음으로 웃으며 힘내시고 부디 건강 좋아지기를 바랍니다! 분노에 골똘히 집착하는 마음도 비우시고 부디 용서하는 마음으로 평안을 도모하기를 간절히 부탁합니다.

새해 홍규 씨의 소망이 이루어지기를 기원합니다.

2013. 1. 16. pm 20:21

박병대 書

악어

강물처럼 살고 싶어 강 속에서 삽니다
차가운 세상에서
사랑도 정의도 얼어붙어 가시밭에 찢겨서
정 붙일 곳 찾아 붉은 피 흘리며 헤매다
탱천하는 분기 안고 강 속에 숨어삽니다
지쳐 누운 밤을 지나 따뜻한 햇살 찾아오면
물 밖에 나와 따뜻함에 분기 삭이고
포로롱 날아와 벗이 되어 놀아주는 새 한 마리
꿉꿉한 심사가 상쾌해집니다
공룡이 날뛰던 시절에도 차가웠던 세상에서
조상의 음덕으로 질기게 살아남았습니다
새 한 마리의 음덕으로 강물과 함께 삽니다
포로롱 소리가 들려오니 벗이 오나 봅니다
유쾌한 일이죠

추신
홍규 씨에게 마음의 평화가 있기를 기원합니다.

홍규 씨의 사면을 희망하면서…

박병대 書

박선배님.
궂은비가 양기를 불러내려는지
오말 굵고 수증기 짙은 청계산
자락에 소슬히 떨어지는 날입니다.
이곳은 청명한 날에는 멀리 관악산
정상과 청계산 정상이 오똑하게
시야에 들어와 氣를 뿜어내는
곳입니다. 여기사람들이 얼마나
여유가 있어 산을 보는지는 모르겠
으나 저는 늘 산과 대화를 많이
하며 지냅니다.
금번에 보내주신 "악어" 詩가
가슴에 맺혀 몇번이고 새기며,
먼저 보내주신 詩들과 함께 심상
을 씻어내는 감로수로 마시고 있
습니다. "악어가 왜 물에 사는지"를
반문할 필요가 없듯이, 제 자신이
이곳에서 지금 머금는 물음조차
본능적으로 필요없는 생활이었다고
생각이 됩니다. 쉼없이 몰입해 온
일들이 그것을 말해주고 있어서지요.

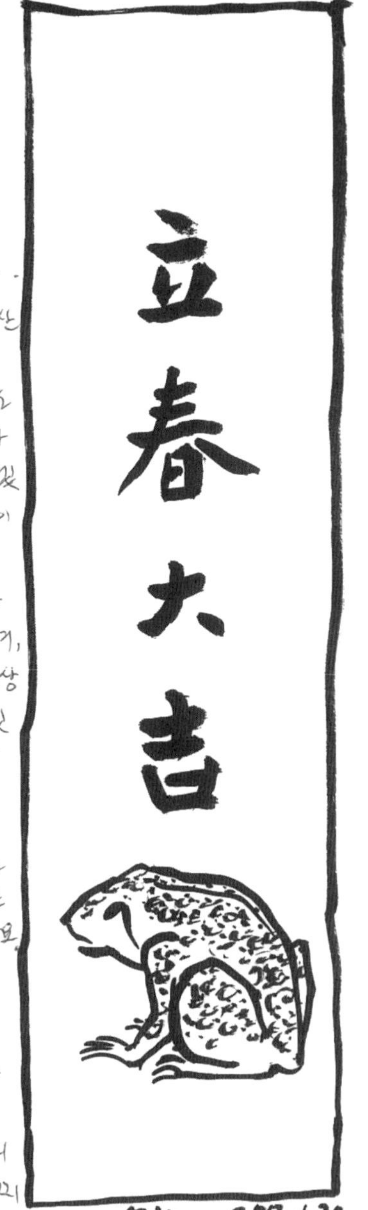

아지랑이가 오르는 계절이 얼마
남지 않았습니다. 입춘이 2月4日
인가. 그런것 같은데 이제 추위도
많이 지나간 것 같습니다.
선배님의 玉稿를 읽고 많은 고뇌
와 정성이 가득하여 봄을 어찌
향해해야 할지를 더욱 가늠하게 합니다.
生의 작품을 간절히 보내주신 선배님께 그저 못난 후배는 감사함에 두손을
모을 뿐, 달리 표현할 말이 없습니다. 주옥같은 시신이 글이아니라 玉 같아서
한자 한대목이 詩라고 표현하는 말이 더 옳을 듯 싶습니다. 지독스토록 늘 밝아
따뜻한 훈풍을 넣어주셔서 너무나 고맙습니다. 조석으로 날씨가 변화하니
몸관리 잘하여 주시고 다시 또 노크를 드리겠습니다. 안녕히 계십시요.

2013. 1. 30. 민 홍규 드림.

홍규 씨!

혹한의 추위에 아픈 육신으로 감내하는 가운데서도 평안함을 묻는 염치없는 짓을 합니다.

매서운 추위가 또 길어질 거라는 일기예보에 심술궂은 하늘을 원망도 해봅니다. 인고의 생활을 하는 가운데서도 입춘 방을 보내주며 대길을 기원해주시는 홍규 씨의 마음이 고맙기만 합니다.

홍규 씨!

열악한 가운데서도 관악산과 청계산을 벗 삼아 대화를 하신다니 제 마음이 더없이 기쁘네요! 산이 주는 말 없는 교훈들과 산이 품어주는 아늑하고 따뜻함이 몸과 마음을 맑게 하여주니 두 산의 정기로 홍규 씨의 아픈 것들이 말끔히 씻겨지기를 또한 희망해 봅니다. 부끄러운 저의 시가 위로가 된다니 더없이 고맙고 감사합니다. 입춘 추위가 지나면 앞으로 큰 추위는 없을 것 같으니 힘내서 이겨내기를 바랍니다.

홍규 씨!

2011년 11월에 문협 시인님들과 정기모임에 참석차 인사동을 들어서서 시간의 여유가 있어 화랑에 들어가 그림구경을 했어요! 하여 도록을 구입하고 작가와도 대화를 나누고 나왔어요! 홍규 씨에게 마음의 평안과 위로가 될 것 같아 보내드립니다.

행복한 설맞이 하시길 바라며 평안을 기원합니다.

2013. 2. 7. am 01:05

박병대 書

길을 묻는 삶!
2013. 2. 10. 음1.1
민홍규

박선배 님.
올 한해 또한, 평안
하시고, 뜻이 가는 것에
형통하는 길상이 그득
린통하시길 빕니다.

보내주신 도록을 보며
많은 배려에 더없이
감사합니다. 노랑사상이
그림으로 들어왔네요.

날씨가 차갑습니다.
봄을 불러드리는 혹한에
조금씩 다가왔다 가리께는
세파 조차도 털어내는
세밀 작품이 아니겠
습니까. 부디 미풍을
일으키는 때가 — 얼마나
오래 걸리겠습니까.

선배님이 옆에서 못난
저를 부축해주시니
힘이 많이 되는군요.

봄비가 땅속까지
얼어있는 냉기를 녹이듯
차근 차근 마음을 음률로,
풍경으로 보내주셔서
마음의 평안과 위로가
많이 되고 있습니다.

저는 서서히 지나 온
인고와 풍랑을 잠재우고
있습니다. 고통이 高通이 되는 기분이
듭니다. 모두가 선배님의 덕입니다
칼로 도살되는 처절한 시간들과 싸우
지옥의 목살이와 살인자. 강간범, 도둑놈
마약범. 강도. MB의 형. 멘토. 친구들
수많은 범죄자속에서도 살아낼 수 있었습
한 계절도 이제는 곧 가겠지요.
늘 보살펴 주시는 마음. 감사합니다.
민홍규 드림.

홍규 씨!

그동안 무탈하게 지내셨는지요?

매운 추위도 가고 봄꽃도 잠시 바람에 흔들리다가 이제는 30도의 여름 날씨가 되어 옷차림도 가벼운 계절이 되었네요! 건강은 어떠하신지, 불편한 홍규 씨의 마음을 알고 있으면서도 마음의 평화를 강요하는 저의 주문은 변함이 없네요! 홍규 씨의 서신을 받고 답신을 보낼 틈이 없다 보니 몇 개월의 세월이 훌쩍 지나갔네요! 지난 2월 18일부터 도배 강습과 실습을 하면서 기술을 배우고 도배 기능사 시험도 보았네요! 주어진 시간을 초과하여 연장시간 10분까지 사용하여 마치기는 하였는데 6월 28일에 발표한다고 하네요. 감기로 하여 몹시 힘든 가운데 배우느라 고생 좀 했지요. 그동안 글 쓰는 일도 중단하고 벗들과의 만남도 접은 체 도배기술 습득에 푹 빠져서 지냈어요! 집에 돌아오는 시간에는 우체국 문이 닫힌 뒤여서 홍규 씨에게 답신을 보내지 못했어요! 여주로 옮겨가서 새로운 환경에 적응하느라 마음고생도 많이 하였겠죠!

홍규 씨!

아름다운 날이 가까워 오고 있음에 찾아오는 위안이 저의 마음도 밝게 하여 주네요! 부디 건강 유의하여 주시고 평화로운 마음에 기쁨이 가득한 나날이 되기를 기원합니다. 힘내시고 꺾이지 않는 희망으로 예술의 혼불이 아름다운 세상에서 빛나기를 바랍니다!

2013. 6. 3. pm 03:50

박병대 書

삶

하늘에는 언제나 구름이 있듯이
우리들 마음에도 구름이 있어
양떼 몰고 가기도 하고
새털 되어 날기도 하다가
뭉게뭉게 솟아오른 눈부신 기쁨도
슬픔으로 찾아오는 밤에는
한숨 바람으로 떠나보낸다
어느 날에는 하늘도 기쁨이 있어
구름 딛고 무지개 세우면
멸망시키지 않겠다는 약속으로
무지개 걸어놓았다는
성경 구절을 떠올리면서
구름을 몰고 가는 바람을 본다
바람에 휘날리는 모든 것들은
설레는 마음으로 슬픔을 보내고
기쁨을 기다리는 육신이 된다

추신
홍규 씨!
아름다운 날을 위하여
힘내세요!

朴 선배님.

오랜만에 글을 받고 반가웠습니다.
詩作業은 여전하시고, 날센 氣品 또한
囹圄의 몸으로 지내는 저를 늘상
깨워주시고 계십니다.
그간 세속의 굴레에서, 도배지와 씨름하시면서. 또
혹독하게 부딪히며 날랜 손발을 지키며
사느라 몸이 곤궁하셨겠습니다.
올해는 덥다고 온통 시끄럽게
떠드는 상황이구먼요. 왠지
더 더운 시절을 보내는 것
같습니다. 자기의 뜻이
있는 사람은 환경이 자신을
넘어설 수 있겠습니까,
되레 뜻이 환경을 넘고
이끌게 되는 것이 되도록
하는, 자신감을 품고 살아가는
것을 보았습니다.
우리가 밟아 사는 세상이 몇층으로
층층이 나누어 있는 듯한 딴세계를
이곳에 있으니 실감하고 체감합니다.

삶이 일반생활만이 전부가 아니라
낮의 世界는 현실이 지옥도, 천당도
천국도 중간세계도 각기 세계로
나누어 져 있는 것을 봅니다.

선배님의 현실도 이에서 어디에
지금 活보이 되고 계십니까?

아름다운 희망의 詩, 삶에서
그것을 보고, 읽고 느낍니다.

"마음에 구름이 있어, 양떼로, 새털로 몰고 갔다는
변화를 보는 삶에서도, 기쁨을 같이 느꼈습니다.
세상의 여러 형태로 어우러진 삶에서 공통으로 울리는
것이 있다는 염원의 삶을 가슴으로 담았습니다. 각기 다른
세계가 있지만 결국 "기쁨을 기다리는 육신이 된다"는 깨달음을
다시 또 못난 이 몸에 그득 부어봅니다.

선배님의 詩가 밥이 되고, 수험자를 얼로 삼고 꺼내놓는 이 곳을
시원한 얼음과자로 만들었습니다. 마신다는 것이 이제 흡입하는 것
만 있겠습니까.
세상이 살맛나는 것은 이 때문이군요. 선배님의 手記가 한땀.
한땀. 수놓아 긴 글은, 무상한 空속에 한점 빛을 떨어뜨리는
광명 같은 것은. 지금 제가 처한 '아수라' 때문인것 같습니다.

혼란스럽고. 분노와 착잡함이 교차되는 일이 파도의 포말로 뒤섞여
떨리고 나니 더욱 단비같은 詩들이었습니다.
그럭저럭 폭염이 또 홍수에 쓸려가면 초목이 붉게 단장을
할것이고 제마음도 새로운 결실을 물들여 갈것입니다.
세상은 어떤 일에 당한 그 시점과 풍경만이 전부는 아니
기 때문이지요. 슬쩍. 남의 일인양 빠져보면, 시간이 지나,
한적한 날이 되면, 쓴 웃음짓는 옛 추억으로 떠오르는 것이리요.

선배님.
못난 저를 위해 따뜻한 마음을 보내주시는 감사함에
입버릇 처럼. 글을 담아 보냅니다. 상이 없어 무릎에 놓고
글을 적다보니 글이 춤을 춥니다. 할수록 춤을 추는 것도
재미있는 것 같습니다. 더운 여름 잘 지내십시오.
다시 또 마음을 보냅니다. 안녕히 계십시오.

2013. 6. 30. 민홍규 拜.

홍규 씨!

오랜만에 홍규 씨의 답신을 받고 반가웠네요!
밝아진 홍규 씨의 마음이 고맙고 꿋꿋이 지내온 아수라의 세월! 아픈 만큼 더없이 높은 곳에 홍규 씨의 영혼이 있음을 느꼈네요! 형언할 수 없는 그 시간이 아름다운 예술로 승화되어 최후의 승리자로 우뚝 서리라 믿어 의심치 않으며 밝은 빛이 성큼성큼 잰걸음으로 오고 있는 것이 보이네요! 건강도 마음도 나날이 견고해 지기를 기원합니다!

홍규 씨!
지난 7월 3일에 공덕동에 소재한 산업인력관리공단에 가서 국가기술자격증인 도배 기능사 기술자격증을 받아왔어요. 그동안 자격증에 관심 없이 지내오다 처음으로 받으니 마음 또한 멍하여 잠시 놀이공원의 목마를 탄 느낌이었네요! 같이 배운 분들과 팀을 구성하여 도배 일을 하려고 합니다. 헌데 팀을 구성하기가 쉽지 않네요. 오는 7월 13일~8월 15일에는 서울역 4호선 환승통로에서 시화전을 하네요. 지난 6월 13일에 대전 예술의 전당 미술관에서 시화전 행사를 하였지요. 시낭송의 배경음악으로 제가 단소를 불었어요! 기회가 되면 홍규 씨의 아픔을 단소로 위로해 주고 싶네요!

홍규 씨!
빗줄기가 오락가락하네요!
길 가 카페에 친구와 함께 담소를 나누며 아스팔트 위에 떨어져 다시 일어서는 빗방울을 보았어요. 강렬한 의기로 일어서는 생명 같았어요. 먹구름 아래 우중충한 가운데 하얀빛으로 일어서는 것을... 나도 저렇게 하얀빛으로 일어선 적이 있었던가 반문하며 상념에 빠진 시간이었네요!

홍규 씨!

어제는 인사동에서 친구와 함께 갤러리에서 그림구경을 하였어요. 작가와 대화도 나누며 공감을 하면서 힘든 창작의 고통을 이야기하며 이러한 것들을 알아주고 공감해 주어 고맙고 감사하다며 눈물에 젖는 작가의 마음을 헤아려가며 행복한 시간을 보냈어요. 홍규 씨의 마음을 화려하게 만들어 드리고 싶어서 많은 꽃송이 동봉합니다. 아름답고 화려한 날들이 올 것을 믿으며 평화로운 마음으로 고운 사랑의 예술이 모든 이들의 혼탁한 마음을 정화시키는 홍규 씨의 작업을 상상하면 얼마나 행복한지... 장마가 걷히면 숨 막히는 맹렬한 더위와 씨름할 생각을 하니 벌써부터 숨이 차네요. 홍규 씨의 밝은 날이 도래하고 있음에 가슴도 벅차고 눈물 속에서 힘들어하며 지내온 홍규 씨 가족과 형제들의 기뻐하는 모습도 느끼고 있네요.

홍규 씨!

부디 건강 유의하시고 평안한 마음의 평화로 모든 분노와 노여움을 내려놓고 꿋꿋한 의지의 의연함으로 아름다운 마음의 나날을 지내시기 바랍니다. 오늘도 마음의 꽃 한 송이 피우셨으리라 믿으며 홍규 씨의 평안을 기원합니다.

2013. 7. 9. am 01:20

박병대 書

마음의 길

햇살이 머무를 때는 모든 길이 자유롭다
경계 없는 하늘에서, 또는 바다에서
억겁의 길들이 어둠에 잠겨 숨고르기를 하고
달빛 드리우는 날에는 젖은 땀 식히며 추억에 잠긴다
가야 할 때를 더듬거리며 찾다가
달빛 맞아들이는 달맞이꽃의 수줍음을 본다
숲속의 풀벌레들 잠들지 못하고
노송의 달그림자 길게 누운 끝머리에 솔향이 푸르다
가고 싶다고 갈 수 있는 것은 아니다
가고 싶지 않아도 가야만 하는
운명 같은 길은 가야만 한다
너와 나의 만남이 운명이라면
죽지 않는 들녘의 들풀 같다면
함께 가야만 한다
달빛의 푸른 향기로 채색된 달맞이꽃처럼
기다리는 길을 가야만 한다
모든 길이 자유로울 때 마음도 자유로운 것처럼
내 안에 경계 없는 길이 있어야 한다

공상 여행

바람이 된다
무한 공간을 떠돌며 무한 세계를 스치고
우뚝한 산 지날 때 내 몸 부서지는 파열음을 듣고
지나온 뒷자락에서 합체되어 부서지기 위해서
달려가는
성자의 자취도 이러하진 않았으리
거대한 암벽에서 푸른 손들이 유혹하면
이내 달려들어 파문처럼 퍼진다
날개를 받들어 하늘을 날게 하고
모든 나뭇잎 춤추게 하는
후 ——
하늘높이 매달린 표상의 깃발도 바람의 무늬를 본다
결결이 향유하는 무한자유의 감미로움은
펄럭이다 지쳐도 떠나지 않는다
나무의 모든 잎이 흔들리는 것은
경계 없는 자유의 길이 너에게 있기 때문이다
밝음과 어둠도 속박할 수 없는 길에서
구름을 데리고 간다

추신
홍규 씨!
이번 시화전에 출품한 두 편의 시입니다.
홍규 씨의 평안을 기원하며 동봉합니다.

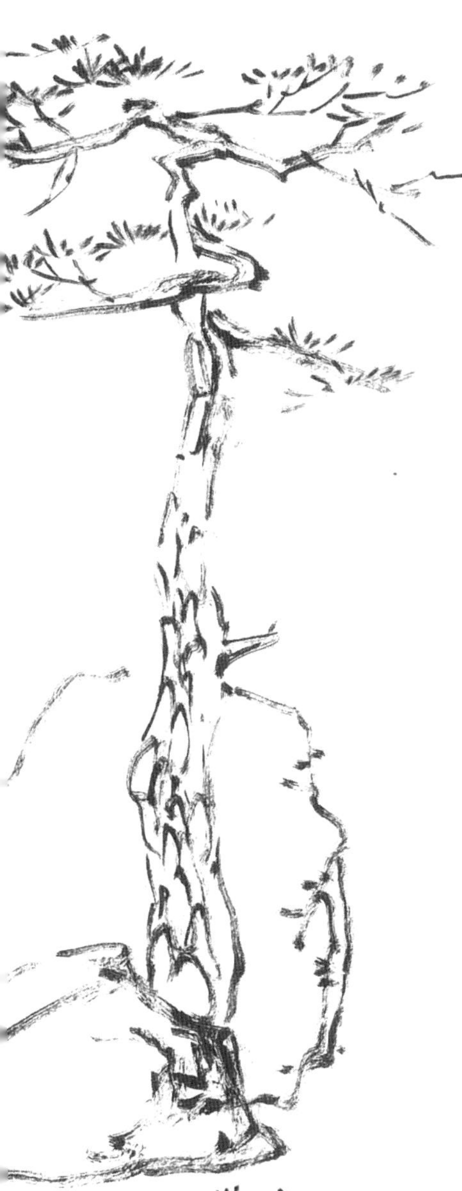

2013. 7. 18

...만에 花葉을 듬뿍받고보니
...고 칙칙한 목중이 환하게 밝아졌습니다.
...말 부족한 저를 배려해주시어서
...무나 감사드립니다. 잊지못하겠습니다.
...더위속에 건강을 잘지키십시요.

朴 선배님.

무더위가 마음을 덥게 하고
땀이 몸을 끝없이 씻어주는
감옥의 폭염이. 보의 한계는
시험하고 있습니다.
백리한강 크게 굵고 글자를 쓰려면
어찌나 팔에 달라붙는지 잘 다스려
떼내며 생각을 옮겨갑니다.

축하드립니다. 도배자격증을 따셨
다니 또 다른 세계를 정복하셨습니다.
사화건도 좋은 감촉으로 훌륭하게
세상을 감동시키셨으리라 믿습니다.
장맛비에 피해는 없으시겠지요.
보내주신 두 작품을 읽으면서
처해 있는 제 삶을 들여다 보는
현실이듯 하였고.
그렇게 살아내야 겠다는 희망을
읽게 되어 머리맡에 두고 음미하고
있습니다. 너무나 소중함을 느낍니다.
세상을 관조하는 바위처럼, 아픔도
풍상도 꿋꿋이 제자리에서 흔하지
않고 서있는 소나무처럼 의연히
지탱해가는 마음을 지녀갑니다.

목살이는 인간의 한계뿐 아니라.
한계이하의 바닥으로 떨어트려
본능이 굶주림의 서로를 물어뜯고
짓밟는 동물의 심성을 조장시키고,
그렇게 되는 곳입니다. 이속에서
자신을 온전히 보듬고 수련을 하는
삶이야 말로 진정한 한계극복인것
같습니다. 모든걸 놓고 최소침처럼
지내려 합니다. 늘 지켜주어 감사합니다.
여주교도소에서. 민홍규 드림.

홍규 씨!

무덥고 지루한 장마도 끝나는 날이 다가오네요.

열기 가득하고 높은 습도로 축축한 날들!

건강하게 지내고 있는지요?

새로운 일을 만들어 가는 바쁜 생활로 다시 삶의 지평에 발자국 남기며 새롭게 만나 인연이 된 사람들! 함께 어울려 일하자고 팀을 만들었네요.

홍규 씨!

감내하기가 고통스럽고 괴로웠던 무수히 많은 날들이, 쌓인 울분으로 분노했던 날들이, 가뭇가뭇 멀어져 가고 새롭게 다가오는 날들의 푸른 손짓이 보이는 자유의 노래가 들리네요! 까마득했던 날들도 지나오면 찰 라의 기억으로 남아 아스라이 묻히겠지요.

이 더위가 끝나가고 상쾌한 바람에 드높아지는 푸른 하늘이 다가올 때 홍규 씨의 환희가 함께 오겠지요. 살아있는 혼으로 빚어지는 홍규 씨의 예술을 생각하면 가슴이 벅차오르네요.

홍규 씨!

아픔이 높을수록 찬란해지는 예술의 습성이 세상에 드러나 많은 사람들의 심성을 순화시키는 것은 아름답게 승화되는 고통의 미학이 있기 때문일 것입니다. 작품 하나하나가 말없는 경전과 같은 것은 거짓이 없는 순수한 맑음이 있기에 거기에서 삶의 진실을 보고 느끼고 아름다움으로 마음의 평화를 간직할 수 있기에 많은 예술가들이 아픔을 외면하지 않고 동거하는 이유가 거기에 있기 때문일 것입니다.

홍규 씨!

참혹한 아수라의 세월이 홍규 씨 예술의 지평을 더 넓혔다고 믿어도 될 런지요? 하루에도 수천 번 분노와 울분과 좌절이 뒤엉켜 흔들어 댔던 영육의 고통 속에서 마음의 평화를 찾기가 불가능했겠지요. 모든 어려움을 극복해 가며 자신과의 싸움도 해야 하는 밑바닥 이하의 생활을 견디며 인내한 홍규 씨는 참으로 훌륭한 예술가입니다.

홍규 씨!

오늘도 하루가 저물어 어둠이 내려앉은 시간과 벗하며 누군가에게는 평안한 휴식일 것이고 그 이면의 누군가는 아픔으로 온 몸을 뒤트는 고통의 시간이겠지요. 너그러웠다가도 잔혹 해지고 그러다 너그러워지기도 하는 삶의 무게로 끙끙대다 절차탁마(切磋琢磨)되어 소멸해 가는 영육의 허무함을 세월이 안겨주고 무상의 삶을 일깨워 주니 덧없는 욕심의 세월, 늙어서야 미련했음을 알게 되네요!

홍규 씨!

이제 어둠의 시간도 새벽이 되어 푸른 새벽빛이 찾아온 시간입니다. 동녘의 밝은 빛이 홍규 씨에게 눈부시게 찾아오는 시간이 한 걸음 더 다가온 것을, 그리하여 그 많은 아픔 훌훌 떨쳐버릴 수 있는 자유의 시간이 가까워지고 있기에 벗하고 있는 이 어둠도 고맙기만 하네요. 부디 건강 유의하시고 환희가 가득 들어찬 마음의 평화가 이루어지기를 바랍니다.

2013. 8. 2. am 01:20
박병내 書

남아있기에

한때는 찬란했던 것들이 돌아앉았어도
외로움도 꿈이 있어 소박하다고 자근거리며
화려하지 않아도 홀로 가는 길은
바람에 흔들리는 나뭇잎처럼
푸른 날이 손짓하고 있다는 것을 믿기에
어둠에 묻히는 날들도 새벽이 오듯이
반짝이는 들녘 이슬의 소리를 듣는다
완벽한 찰 라의 완성이 미완을 끌고 가는
길은 보이지 않는다
무심한 모든 것들이 기억을 지워도
홀로 쌓아가는 기억으로 따뜻하게 남아
빛날 때를 만드는
거룩한 인내가 두드리는 등
눈부셔도 눈감는 일 다시없겠노라고
벌겋게 불 먹은 숯덩이 가슴에 박고
뜨거운 바람으로 비몽과 함께 가야 할
주저앉은 길 이어가며 더듬거리는
한 땀의 고뇌를 본다

추신
홍규 씨!
힘내세요!

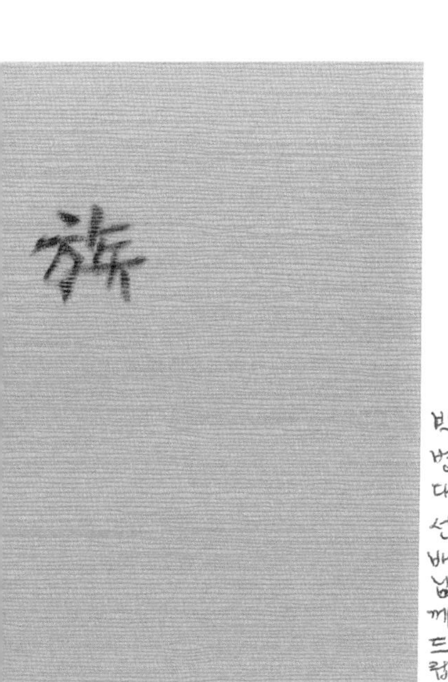
族

박병대 선배님께 드립니다

族.
2013.8.24
민홍규.

박병대 선배님,

주옥같은 글을 보내, 부족한 저에게 평안의 세계를 열어 주시는 선배님에 늘 몸둘바를 모르겠습니다. "눈부셔도 눈감을일 다시 없겠노라고". 「남아있기에」의 행복을 부쳐 삶의 고뇌를 오히려 전개하여 주시니, 옥살이, 옥살이 고단해도 감사의 여울로 날개를 답니다.

선배님의 위로덕분에 정말 "영혼의 고통속에서" 평화를 찾아갈수 있었습니다. "푸른 날이 손짓하고 있다는 것을 믿기에, 어둠에 묻히는 날들로 새벽이 오듯이"라는 싯귀를 따라 버티어 낼수 있었습니다. 이 뇌옥까지 보내주신 글이 목로를 마시는 기분입니다.

오늘도 비록 뇌옥의 옥살이로 폭염속 가마솥에 삶기듯이 찌그러지고 지쳐버리지만, 오늘도 쉼없이 똑같이 작품연구를 해나가고 있습니다. 모두가 선배님덕분입니다. 이 정신을 앞으로도 계속이어 가겠습니다. 고맙습니다. 다시 뵙겠습니다.

감옥으로부터, 민 홍 규 드립니다.
2013. 8. 24. (土)

홍규 씨!

폭염 속 찌는 더위에 심신의 고단함이 고통스러운 하루하루를 이겨내느라 한없는 결기로 옹골지게 다잡은 마음이 얼마나 힘들고 괴로웠는지요? 부자유의 압박감과 영혼마저 황폐해질 수밖에 없는 그곳에서 세상의 상처를 동반하며 순수한 예술의 그 맑은 영혼이 혼탁해지지 않기 위하여 극한의 환경과 사투하느라 피눈물은 또 얼마나 흘렸는지요? 보잘것 없는 저의 글로 버티어 낼 수 있어 고맙다는 인사를 받으니 몸 둘 바를 모르겠네요! 오히려 제가 고마워해야 할 일이지요! 평화를 찾아가고 버틸 수 있었다는 홍규 씨의 전언이 이토록 큰 기쁨을 주니 제가 고맙고 감사하기만 합니다!

홍규 씨!

이제 더위도 한풀 꺾여 조석으로 시원해지기도 했지만 그래도 한낮에는 뜨거운 열기가 살아나니 참 괴롭고도 긴 여름이네요. 얼마 남지 않은 더위처럼 홍규 씨의 아픔도 얼마 남지 않았음에 오늘도 손꼽는 마음이 설레기만 하네요! 끈적이는 땀으로 들러붙는 편지지, 무릎에 받쳐 한 자 한 자 편지를 쓴다는 말에 왈칵 목이 메어 망연자실했었네요!

홍규 씨!

어제는 설레는 마음으로 하루가 행복했어요.

같이 도배 배운 분과 가평에 갔는데 700평 토지에 비닐하우스와 컨테이너를 장만하고 100평 정도의 면적에 밭을 일구어 채소를 심어 유기농으로 농사(농사라는 표현이 좀 그러네요. ㅎㅎ)짓는 곳에 다녀왔어요. 비닐하우스에 들어가 작업복으로 갈아입고 낫을 갈고 제초기도 준비한 후에 정사각형의 탁자모양 의자에 앉아 담배 피우는데 하얀 나비(배추흰나비) 한 마리가 나풀거리며 하우스 안으로 들어오더니 나의 주위를 맴돌며 무릎에도 앉았다 운동화 코끝에도 앉았다가 앞에서 서성이고 옆에서 서성이다 저만큼 갔다가 다시 와서 맴돌기를 반복하였어요. 처음에는 무심하다가 바라보다가 왜 그러지? 궁금해하다가 신기해하다가 불길한 징조인가? 길한 징조인가? 생각하다가 어느 순간에 마음이 설레기 시작했어요. 평생에 나비는 그냥 저만치서 날아가기만 했는데 어찌 이런 일이 있을까 하면서 행복해지기 시작했어요! 삼십 분 정도의 시간을 맴돌며 떠나지 않아 일하려고 밖으로 나왔어요. 나는 낫질을 했어요. 배가 출출하여 참 먹으러 하우스로 들어가 앉으니 아까 그 나비가 또 들어와 나의 주위를 아까 와 같이 맴돌았어요. 담배연기도 아랑곳 않고 그러네요. 그런데 제비꼬리나비가 서너 마리 들어오더니 높은 곳에서 군무를 추고 날아다녀요! 그러다 나의 주위를 맴도는 하얀 나비에게로 다가와 얼씬거리는데 하얀 나비가 밀어내니 이냥 쫓겨 올라 날아다녀요! 하얀 나비가 힘이 더 센가봐요! ㅎㅎ 그 시간이 한 시간정도였어요!

초등 동기 중에 닉네임이 나비인 여자동기가 있는데 그 친구가 오늘따라 나를 생각하고 있어 하얀 나비가 내 주위를 맴도나? 스치듯이 그런 생각도 했네요! ㅎㅎ

검정 비닐봉투 들고 하우스에서 나와 고추를 땄어요. 청양고추, 맵지 않은 고추, 호박 두 개. 고추는 10kg, 호박은 1.6kg 정도에요. 하우스로 들어오니 이번에는 나비가 없었어요. 그동안 정이 들었는지 허전했어요! 작은 계곡 흐르는 물에 발 담궈 식사를 하며 지나간 정치인들, 재벌 총수들과 그 형제들 이야기를 하면서 땀을 식히고 하우스로 들어와 옷 갈아입고 집으로 왔어요. 집으로 오는 차 안에서 전화를 받았어요. 10평 오피스텔 도배 일거리가 들어왔다는 소식이어요! 오~ 나비가 이 소식을 전하려고 내 주위를 맴돌았나? 하는 생각을 했어요. 같이 저녁식사를 하고 집으로 돌아와 샤워를 하고 있는데 경비실에서 등기 왔다고 하여 아들에게 받아오라고 했지요! 샤워를 마치고 등기 봉투를 보는 순간 온 몸에 전율이 왔어요! 기쁨이었다가 환희였다가 눈물이었어요! 오── 오── 세상에... 붉은 볼펜의 나비그림! 비닐하우스에서 높이 날던 제비꼬리 나비와 똑같은 나비그림! 아! 그 나비는 홍규 씨의 영혼이었구나!... 영어의 몸으로 영혼으로 날아와 나와 함께 하고픈 홍규 씨였구나! 차마 가까이 올 수 없어 높이 날며 나를 만났었구나! 이러한 느낌이 해일처럼 밀려오고 이를 알아차리지 못한 것이 미안하기도 하고 망연히 바라보다 봉투를 개봉하여 내용물을 보며 또 한 번 설레고 기쁘고, 族이라니... 못난 나를 族이라고 언질을 주는 상징에 그렇게 생각해 주는 홍규 씨가 참 고맙고 기뻤네요! 접힌 것을 열어보니 더욱 설레는 마음이 가득해 행복했어요! 많은 의미가 함축된 그림과 글의 내용까지...

홍규 씨!

참, 고마워요!

꿋꿋하게 일어서는 홍규 씨에게 온갖 미사여구도 부족하다고 생각하며 그침 없는 작품연구에 힘찬 박수를 보내며 그 순수한 예술의 혼불이 더욱 광대하기를 두 손 모아 기원합니다!

홍규 씨!

환희의 날이 오고 있습니다. 까마득해서 올 것 같지 않던 그날이...

이제는 건강해야죠! 홍규 씨 누님으로부터 전보다 더 초췌하다는 소식을 듣고 마음이 아팠습니다! 뼈만 남아도 형형한 눈빛은 더욱 빛나니 서슬 푸른 기상이 그런 것이겠지요. 이제는 살을 찌워야겠지요! 말도 살이 찌는 천고마비의 계절, 가을에 그래야겠지요. 먹을 수 있는 것은 모두 먹어요. 맛없는 것은 오래 삭임질 하면 맛있게 되지요! 누워서 양발을 맞부딪치면 건강하게 된대요. 잠들 때 깨었을 때 수시로 30회 정도 시작해서 횟수를 늘려 가는 게 좋대요. 발꿈치는 붙이고 접이부채의 동작으로 하는 운동이래요.

홍규 씨!
부디 건강하시길 바라며 설레는 마음으로 기쁨 가득한 그런 시간이 되기를 바랍니다. 행복의 요소들을 헤아리다 보면 절로 행복하겠지요! 어제 저는 그래서 설레는 마음으로 행복했어요! 부디 평안한 잠 이루기를 바라며 힘내시기를 또한 바랍니다. 힘은 꾸준히 내야 효과가 있데요! ㅎㅎ
홍규 씨, 고맙습니다!

2013. 8. 28 am 04:43
박병대 書

수렁의 턱밑에서

폭풍우처럼 달려들었다
웅 웅 거리며 내리치는 바람이
칼날 같은 손톱 길길이 세워
암흑의 상처 죽죽 가르며 거칠게 쓸어내리는
물기둥처럼 쏟아지는 빗줄기도 강을 만들어
속절없이 쓸려가야만 했다
새벽이 두려워 오기 전에 어둠에 어둠을
쉴 새 없이 쌓아야 했던 손톱들
어둠이 깊을수록 새벽이 가깝다는 것을 모른 채
농 깊은 어둠만 만들고 있었다

희 부윰한 저것을 보라!
새벽이 걷어내는 웅대한 서사시 펼치며
차근차근 다가서는 저 걸음을 보라
부연 것들이 제 모습 뚜렷하게 드러내 주는
밝음이 쌔 애 액 날아오는 저 웅장함을 보라
빛이 걷어내는 새벽도 빛으로 들어간다
죽죽 찢겨진 암흑의 상처에
빼곡 이 들어차고 있는
오 —— 오 ——
지 생명의 빛을 보라!
어둠에 묻혀 죽었던 심장이
다시 살아 펄떡대며 뛰는

푸른 맥박의 소리가 들린다
아픔의 끝머리에서 자유가 유혹하는 대로
넘어가고 있는 마지막 고단함이 보인다
우리가 환희스러울 상쾌한 빛과 바람이 오는 소리
오늘도 들려온다.

차 선배님.
너무나 감사합니다.
보내주신 거룩한 詩集을
오늘도 몇번이고 되내이며
좋은 감옥을 다람쥐 쳇바퀴
돌듯이 종일. 어둠이 내릴
때까지도 반복합니다.

희부윰한 — 새벽이
걸어내는 웅대한 서사시에
다가서는 저자신이 되고파,
선배님을 마음속에 함께
실어 걷고 또 걷습니다.
제 마음은 한없는 나래를
펼쳐 나갑니다.

조석으로 한풀꺾인 기운이
심신을 그나마 풀어줍니다.
어쩌면 선배님과의
마지막 서신이 될것같은
이 것에, 큰 행운이 담기고
새로운 복이 가득하시길 비는
항아리를 보내드립니다.

선배님의 서신을 받고나서
저도 한동안 큰 감동을
받아 가슴이 짜릿한 전율로
사로잡혔습니다. 나비이야기,
양발을 마주치기.
"아픔의 끝 머리에서
자유가 유혹하는 대로—

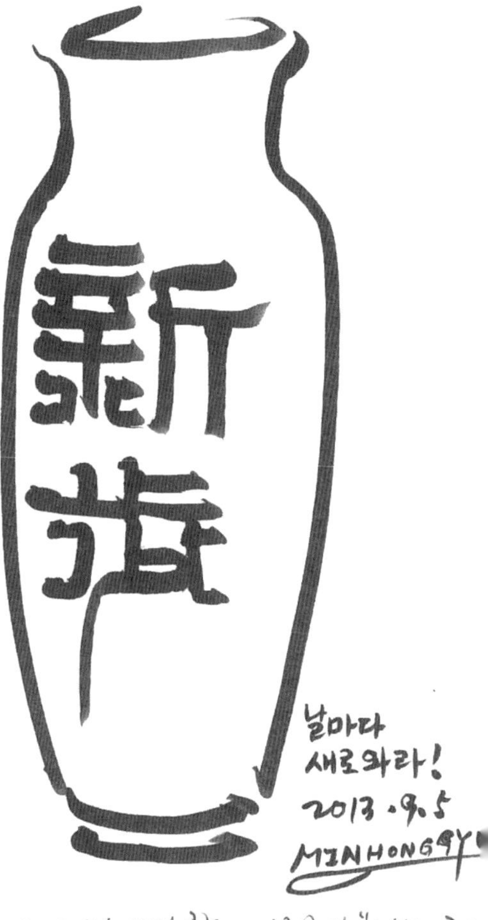
新
날마다
새로와라!
2013. 9. 5
MINHONGGYU

마지막 고단함이 보인다"라는 글귀
선배님께서 그려보시는 노년을 보
니다. 그동안 감사합니다. 곧 茶
하시며 情 얘기와 득도하신 도
얘기로 함께 듣고 싶습니다. 늘 함
되어주신 선배님의 마음을 간직
살아가겠습니다. 곧 다시 뵙겠습

2013. 9. 5. 민홍규 拜.

이제는 없어야 한다

피눈물 나는 일

마음도 멍들어 넋 나가는 일

뼛속에 각인된

그 아픔

제발

두 손 모아 비노니

이제는 없어야 한다

홍규 씨!

상쾌한 자유의 안식으로 돌아오신 것을 기쁜 마음으로 축하드립니다!
고단한 영육의 아픔을 말끔히 씻어내고 평안하고 따뜻한 가운데
아름다운 예술의 혼불이 훨훨 살아 세상에 우뚝하기를 기원합니다.
불굴의 의지로 의연하게 이겨내셨으니 이기고 돌아오신 겁니다!
벅찬 마음으로 위로와 격려를 함께 합니다!

2013. 9. 12. am 02 : 42
박병대 書

獄으로 보낸 편지
獄에서 온 편지

초판 1쇄 인쇄 | 2020년 06월 15일
초판 1쇄 발행 | 2020년 06월 20일

지은이 | 박병대 민홍규
펴낸이 | 고미숙
편집인 | 문 산
디자인 | 구름나무
펴낸곳 | 쏠트라인

제 작 처 | 쏠트라인saltline
등록번호 | 제 452-2016-000010호(2016년 7월 25일)
전 화 | 010-2642-3900
이 메 일 | saltline@hanmail.net

ISBN | 979-11-88192-64-9(03810)
값 : 10,000원

이 도서의 국립중앙도서관 출판예정도서목록(CIP)은 서지정보유통지원시스템 홈페이지(http://seoji.nl.go.kr)와 국가자료공동목록시스템(http://www.nl.go.kr/kolisnet)에서 이용하실 수 있습니다.(CIP제어번호 : CIPCIP2020024199)